信贷部经理

银行白领的红与黑

谢宏◎著

重庆出版集团 重庆出版社

图书在版编目（CIP）数据

信贷部经理 / 谢宏著. — 重庆：
重庆出版社, 2010. 7
ISBN 978-7-229-02390-4

Ⅰ. ①信… Ⅱ. ①谢… Ⅲ. ①长篇小说 – 中国 – 当代
Ⅳ. ①I247.5

中国版本图书馆 CIP 数据核字(2010)第 098283 号

信贷部经理

XIN DAI BU JING LI

谢 宏 著

出 版 人：罗小卫
策　　划：华章同人
责任编辑：王　水
特约编辑：王　瑜　张思伟　苏　沐
封面设计：齐建平

重庆出版集团
重庆出版社 出版

（重庆长江二路 205 号）

北京凯达印务有限公司　印刷
重庆出版集团图书发行公司　发行
邮购电话：010–85869375/76/77 转 810
E-MAIL：tougao@alpha–books.com
全国新华书店经销

开本：710mm×1000mm　1/16　印张：14　字数：183千
2010年7月第1版　2010年7月第1次印刷
定价：26.00元

如有印装质量问题，请致电023–68706683

目 录

Contents

【上部】沉鱼

目 录

Contents

【下部】奔马

【上部】沉鱼

第1章：保卫课

李白从钱箱里拿起三捆"钱砖"抱在胸口，全是一百元面额的大钞，总数是三十万元，扎成捆的，挺坚实，挺沉的，就跟抱了三块红砖头没什么区别。他要走的路，就几米远距离，但他走得身子发热，头脑也发热，气喘吁吁的。

此时李白的状态不是因为抱着这么多钱要往家里搬而激动，而是因为焦虑，站在柜台前的那家伙，那个王八蛋，正挥舞着手枪，大声催他快点，快点！否则就毙了他！

李白看了一眼，那家伙头上蒙着白色的丝袜，两只在里面滚动的眼珠闪着凶光。李白心想，那家伙肯定是看了影碟，而且内容是与银行劫案有关的，然后学着银行劫匪如法炮制，将丝袜套在头上，以防被监控器摄下脸部。但可惜没有学到家。李白看到袜子上，有两块地方是黑色的。对了，是黑色的。这么看着又想着，李白就忍不住了，突然"扑哧"一声，不禁笑出声来。他心想这随手套上的肯定是穿过的破袜子，不臭死了？他下意识地想用手扇扇鼻子，无奈两只手都没闲着，随即又感到胸口堆着的"砖头"的压力了。

这时，柜台窗口前的那个家伙听见笑声，就挥了挥手枪，用枪口点来点去，高声喝住李白。

"不准笑，再笑就毙了你！"

李白吓了一跳，只好止住笑声，将刚出口的那半句笑声猛地吸了回去，慢慢地移步挪过去。他突然有个奇怪的念头，那就是走过去，劝他拿下那袜子，还要告诉他，这样做多不卫生呀！你妈妈没这样教育过你吗？但他的嘴巴只是动了动，没有说出话来。

李白朝窗口移过去，越来越接近了！那个蒙脸匪徒见他走过来，突然用枪指着他，大声喝问他：

"你，站住！别动！你想干吗？"

李白收住了脚步，"你脑子有病呀？"他真想大声叫骂。

但李白说出的话却是："你不是要钱吗？"他站着不动了。

那个家伙回过神来，赶紧挥了挥手枪，大叫起来。

"快拿过来！快点！"

李白抱着三捆钱走了过去。他用右手拿了一捆钱，递过去。那家伙用左手接过来。李白猛地往他手上一放，就赶紧把手抽了回去。那个劫匪也吓了一跳，赶紧将钱抓了过去。李白定住身子，又递了一捆过去。那家伙也接住了，码在第一捆钱上，有点摇摇晃晃，上面那捆钱动了起来，眼看就要歪倒掉地上了。

李白心里惊叫一声，啊！与此同时，他右手一伸，有点想走过去帮他扶稳，但马上意识到什么，就猛地将手收了回来，脚步也猛地刹住了，但惯性让他的身子还是往窗口方向稍稍倾斜地摇晃了一下。

双方都愣了几秒钟之后，李白想将第三捆钱拿在手上，然后递过去，他想尽快将事情了结。

那个劫匪一时犯难了，此时他如同玩杂耍一般。他一只手拿了两捆钱，就跟拿了两块砖头一样，够吃力的，手在抖呢；而另一只手拿着枪。他迟疑了一秒钟后，就将左手上的两捆钱抱在胸口，准备腾出手去接第三捆钱。

就在劫匪一低头，准备用下巴压住那两捆摇晃的"钱砖"的瞬间，李白将手上那捆"钱砖"砸在他脑袋上，正砸在太阳穴上。似乎没有什么大的声响，劫匪哼也没有哼一声，李白就听到咕咚一声，就像听到一截大木桩倒在地上，两捆钱也掉落在劫匪的身体边上。

但随即响起"砰"的一声枪响，后面的李清照"啊"地惊叫了一声。李白扭过头去看，就看见她捂住鼓鼓的胸口，一股鲜血从她的手指缝流了出来，迅速染湿了她的衣服，鲜血的颜色与白色的衬衫形成强烈的反差。她满眼惊恐地望着李白。坏事了！肯定是手枪掉地上时走火了。

李白不禁也"啊"地尖叫一声，睁大眼睛，却发现大家都扭过身子在望着自己！

李清照就坐在他身后不远处，也正一脸不解地望着他。

李白一惊，抬头望了眼前方，看见电视机的屏幕上还在播放着录像，是一些有关银行劫案的案件剖析片。他没有马上清醒过来，有点睡眼惺忪。他揉着眼睛，等意识清醒过来后，他不好意思地对大家笑了笑。

原来，刚才他看着看着就犯困了，便将眼睛闭上，想偷偷打瞌睡，没想到就做起了噩梦。这时他长长地舒了一口气，重新回到大伙儿中间。

录像一放完，保卫科科长唐大钟站起来，指着李白喊："你，过来！"让他到前面来。

李白开始不知道是喊他，也转了头看。

"就你，别看了！"唐大钟就指住他。

李白不解地指着自己的鼻子问："怎么，叫我？干吗呀？"

唐大钟说："没错，是你，快点吧。"然后问他，如果遇上刚才录像片所介绍的情况，他会如何反应，并让他给大家作个示范。

李白一下愣住了，不知道该如何作答，就磨蹭着站起来，不愿上去。唐大钟可没饶他，坚持要他上去示范。大伙也在跟着起哄，说快点吧，大家等着完事回家呢！李白被催得没办法，只好站起来，拉开椅

子，慢腾腾地挪到唐大钟的面前站好，由于没有思想准备，他脑子里是一片空白。

"准备好没有？"唐大钟问他。

李白有点迟疑，说："让我想想嘛。"

"真到那时，哪有时间让你想啊。"唐大钟大声笑了。

李白有点生气了，说："你不是在假设吗？"

"那好吧，给你三分钟。"

唐大钟说完，就将衣袖一撸，将左手腕的手表露出来，很严肃地看表。等他喊"到时间了！"，就从柜子顶上拿了一根警棍说："这是枪。"他说劫匪如果将枪伸进柜台取钱的窗口了，问李白如何处理这种突发事件。

李白脑袋发昏，他伸手抓了把头发，努力让自己冷静下来，然后想了想，慢慢从口袋里掏东西。大家都很兴奋地看着他，看他能掏出什么来。他将手拉出来后，掏出一包纸巾来。

大家一见，就轰地大笑起来！

李白有点不高兴了，严肃地说："笑什么笑！"他说这纸巾就当是一捆"钱砖"吧，然后他将这捆钱拿在手上，慢吞吞地给唐大钟递了过去。唐大钟伸手一接，李白突然用手抓住他的"手枪"，用力一扭，将他的手腕反转过来。

唐大钟一点防备也没有，他的手腕被扭着，大声喊："哎呀，我的妈，疼死我了！"还龇牙咧嘴地"嘶嘶"吸着凉气。

看见这一幕的人，都哈哈大笑起来！

听见喊疼的声音，李白赶紧放手。

唐大钟轻轻甩了甩手，十分不满地责备说："你怎么来真的？！"

"本能反应嘛。"李白有点不好意思。

唐大钟哭笑不得，瞪了他一眼，然后从桌子上拿了份文件，大概是"三防"（防火、防盗、防抢）工作之类的文件。唐大钟边翻边问大家，对刚才李白的表现，有如何的评价。

大家急着想回家，就齐声喊了起来："很好！好啊！"

"好？好个屁！"唐大钟接住大家的话喊了句。

这话将大家吓了一跳，都愣住了没说话，毕竟他们都不是搞保卫专业的，不知道问题出在哪里，心想专业的事情还是交给专业人士来弄吧，就静静地等着。

唐大钟看大家都拿眼睛望着自己，就说："李白将我的'手枪'摇来摆去，一旦走火，身边的同事不就遭殃了吗？"

哦，原来是这样！大家松了一口气，然后等着看唐大钟做示范。

唐大钟却让大家先将想到的有关问题提出来。

"劫匪挟持人质，怎么办？"丁小路问他。

唐大钟看了一眼文件，然后说，劫匪手上有人质，当然首先是保护人质的安全，在这个前提下，如果劫匪的手枪伸进取款的窗口，可以乘其不注意，迅速用力抓住其握枪的手，用力反扭过来将枪夺下。但记住，枪口千万不能对着自己或同事。他放下文件，又拿起那根警棍，做讲解和示范夺枪的动作要领。

李清照跟着问："有炸弹呢？"

"问得好！"唐大钟猛地拍了一下桌子，将大家吓了一跳。他说这问题提得好，枪好办，我们有防弹玻璃，但炸弹嘛，是有点危险，如果在柜台上摆炸弹，就要马上抱头卧倒在地上，因为炸弹爆炸产生的冲击波是斜着向上的。

"那放毒气呢？"贺兰又问了一个问题。

唐大钟不住地用左手抚摩着右手掌，大概是刚才砸疼了（这个细节李白注意到了）。他说很好，你们想到了这个问题。如果劫匪从窗口放毒气，大家记住啦，千万不能打开"二道门"（员工进入营业场所的专用通道门）逃生，否则正好中了劫匪"引蛇出洞"的诡计。

大家一听就笑起来，说我们都是人啊，应该是"引人出屋"才对

嘛。并且议论纷纷，说要是不走，那不全都在里面焖成一屋的死尸了？

唐大钟见大家闹哄哄的，就赶紧制止继续讨论这个问题。他接着往下说："总之，遇见打劫的情况，一定要镇定，沉住气，先给劫匪少量的小额的钞票，然后大声问其他同事——有没有大钞？有没有大钞？以此引起其他人的注意，要想办法拖延时间，让其他人寻机报警，打110或报告保卫科。"

大家又开始议论说，哪有这么傻的劫匪呀，还听你调遣指挥摆布？

李白这时完全清醒了。他突然变得情绪高昂起来，他说要是李清照等女同志遇见这类事情就好办啦，没那么多的麻烦事，三两下就将问题解决了。

李清照听了不解地望着他。

唐大钟也觉得奇怪，就让他说说具体的办法。

"你是那劫匪！"李白一本正经地立正身体，然后指着唐大钟。

唐大钟叫了起来："你胡说什么呀？"

"这不是假设吗？"李白还让他扮演劫匪。

唐大钟只好拿了那根警棍，扮演劫匪，"打劫！"他指着李白喊。

大家都睁大眼睛，想看看李白如何应付这个场面。

李白有点醉眼迷离，好像自己真的进入了角色。他瞥了眼唐大钟，突然像女人似的尖着嗓子，"哎呀"叫了一声，马上假装晕倒在地上，头一歪，然后身体倒地，就势一滚，滚到柜台下面，伸手按下那报警器的红色开关，嘴巴还"呜——呜——呜"地模仿警报声怪叫。

大家都大笑起来，将巴掌拍得啪啪乱响，还有人猛力地拍打桌子，拼命冲着李白做鬼脸。李清照笑疼了肚子，笑到最后，只能捂住肚子弯着腰，脸上有笑容，还有眼泪，却没有声音了。

唐大钟瞪着李白，足足有几秒钟没有说话。然后他大声制止大家的哄笑，满脸怒气地盯住李白。

"你就不能严肃点吗？！唯恐天下不乱！"

李白从地上爬起来，拍打着身上的灰尘，一脸委屈地说："你们笑什么呀，我可是认真的！"

唐大钟狠狠地瞪了他一眼，又问大家："还有什么问题？"

"没有啦！"大家异口同声地喊。

唐大钟没有立刻让大家离开，又强调了一遍安全保卫工作的重要性，希望大家平时要注意演练，以备不时之需。他见大家都在交头接耳，就提高声音说："防火，防盗，这都好对付，毕竟不会伤人死人；但抢，这就要严重得多，也困难得多，搞不好，还要伤人死人的！"他边说边用手指敲打桌面，将大家的注意力拉回到他身上。

他哇啦哇啦讲了一通，说完就收拾起桌子上的文件，转到其他科室去宣讲文件精神，指导如何开展"三防"保卫工作了。

大家望了眼唐大钟的背影，偷偷地舒了口气，又将眼睛转向叶平凡。他这时站起身子，咳嗽了几声，他的嗓子由嘶哑变清晰了。近来存款额下降了几千万，他心里正烦，这几天可能抽烟多了。叶平凡开始将本周的大事过了一遍后，又不点名批评了某些同志的操作没按章办事。

李白感到大家目光的余光朝自己睐了睐，装作事不关己，将十指插在一起，做认真听讲状。

叶平凡又扼要地将手上的文件内容过了一遍，加重语气强调大家要爱岗敬业，干要干好，省得被"末位"淘汰掉。他啰嗦了半个小时，才宣布每周例会结束。

临散会前，他拿了个会议纪要让大家盖章，以示会议精神已经传达到各位员工了，划清各自的责任嘛。

大家便长长地松了一口气，乒乒乓乓地站起身，抓了自己的私章吧吧地盖上，然后收拾东西，放进抽屉里锁上，还拉了拉，才放心离开，哗啦啦冲向门口，赶紧回家。

丁小路走了几步，被椅子绊了一下，他哎呀呀地尖叫了一声，装作就要倒地状。他两只手朝上举了作投降状，还单脚金鸡独立，样子十分

搞怪滑稽。

大家便看着李白笑了起来。

"我可要翻脸啦!"李白挺严肃地说,"我是认真的啊!"

大家又轰地大笑起来!

出了大门,一看,天已经完全黑了。

李白又累又饿回到家里,一看家里空空荡荡的,杨小薇还没有回来,屋里没有一丝人气。他换了拖鞋进客厅,丢下手中的包,进浴室洗了个脸,出来打开电视机,将声音开大,一边听着电视里的人说话,一边踱进厨房做晚饭。

他将米倒进电饭煲,又拉开冰箱取菜,却发现只剩下几根菜心了,叶子都蔫了。他有点泄气了,突然觉得全身没有一点力气。他觉得没劲,便"砰"地关上冰箱,甩了甩手上的水,走回到客厅,坐在沙发上发呆,电视里的声音和人物和他互不相干。

杨小薇快8点钟才回来。她开门进来,就发觉气氛不对劲。电视机的声音在屋里嗡嗡地滚动,将屋子塞得满满的,让人感到透不过气来。她将肩上的坤包挂好,换了拖鞋进客厅,将电视机的声音调小,然后走到沙发边,拍拍李白的脸颊。看他还在发呆,就用下巴朝饭桌示意:"嘿,开饭啊。"李白还是坐着没动。

"怎么啦?"杨小薇摇摇他。

李白用手抹了抹脸,说:"没事啊。"

杨小薇拉着他的手摇了摇,说她饿了。"我们去名典咖啡吧。"李白说着就用力站起来,他腿有点发软,刚才上楼时,他已经被左邻右舍的饭菜香味弄得饥肠辘辘了。

李白拉了杨小薇走出家,下楼就挥手拦了辆的士直奔目的地。

车里,杨小薇好奇地看着他说:"你中了六合彩了?"

李白"嘿嘿"勉强一笑,"即使是穷人,也有坐出租车的权利吧?"

他做了个鬼脸。

开始，两人还互相斗嘴，后来，李白实在是太饿了，好像连说话都没力气了，话就突然少了，甚至沉默起来。好在，车子很快就将他们带到了目的地。车子还没停稳，李白早就将钱包掏了出来，将钱数了递给司机，然后拉了杨小薇下车。

他们在咖啡屋坐定后，李白将服务员递上的冷开水喝了半杯，这才算喘顺了气。他翻翻餐牌，问杨小薇想吃什么。杨小薇这时正在用奇怪的眼神望定他。李白将手中的餐牌推过去，他说自己饿坏啦，示意她快点菜。

杨小薇看定他的眼睛问："你真的没事吧？"

"我有什么事呀？"李白也用奇怪的眼神望着她，反问道。

杨小薇叹了口气说："没事就好！"她翻开餐牌看了起来。

李白将餐牌胡乱翻了几遍，然后拿定主意，说要一份苦瓜排骨饭，他说好下火；杨小薇则要了份海鲜饭。然后坐着等。期间，李白就一股劲地喝水，还叫服务员添水。杨小薇用手托着腮帮子，听萨克斯奏出的《回家》曲子，偶尔还若有所思地看李白一眼。

这时虽然是晚饭时间，但店里的位子还没有坐满。李白蛮喜欢这儿的环境，舒适优雅，适合城市的白领们谈天说地，消磨时间。

李白目光飘忽，打量着四周的摆设，有一句没一句地做些评价。杨小薇没有回应他，她在想着自己的心事，她对李白今天的举止十分不解，他平常挺节俭的，白天虽然累个半死，但还是习惯每天回来做晚饭，怎么突然变得这么破费呢？

点的饭菜一上来，李白就呼呼地吃得有声有色。杨小薇听到他将那些软骨咬得咯咯响，全然没有了平常的斯文样。杨小薇只是默默地吃着，不时瞟他一眼。李白并没有注意到她关切的眼神，全神贯注地对付着盘中的食物。

饭后，他们又坐了一会，本来打算坐在这里聊一会儿，说些什么

的，毕竟这里还是个有情调的地方啊，但没一会儿，两人就都发觉，对方的兴致似乎不高，犹豫片刻，决定还是结账走人。

"散步回去吧？"李白用征询的口气问她。

杨小薇笑笑说："干吗不打的士啦？"

"你出钱呀？"李白捏了一把她的鼻子。

杨小薇用手打了一下他的手说："走吧！"

他们慢慢晃出门，然后朝家里的方向晃去。他们走在人行道上，马路上，不断有车子猛地按了喇叭催前面的车子让路，这让李白很不高兴，说催什么催，赶了去投胎吗？杨小薇笑他，说，吃饱了有力气了？然后李白就懒得再说了。

一路上他们都没说多少话，只是手拉着手，李白感到她的手，冰凉冰凉的，他叹了一口气，继续默默地走着。当然，杨小薇不时会瞥他一眼，李白要是注意到了，就回她一个鬼脸。

回到家里，他们都有点累了，这时候，他们都有点后悔走路了。两人将身体丢在沙发上，又看了一会儿电视，都是些无聊的节目。

杨小薇一连打了几个哈欠，李白见了就说："洗澡睡觉吧。"杨小薇拍拍脸颊，问他是不是她有眼袋了。李白说："想没有就去洗澡睡觉。"杨小薇站起身走了两步，又回转身问她是不是变丑了。李白嘻嘻地笑着安慰她说："我怎么会娶丑女为妻呢？"杨小薇打了一下他的脸说："贫嘴！"然后满意地进了浴室。

她从浴室出来，发觉李白已经倒在沙发上睡着了，忽长忽短的呼噜声在客厅里回荡。她又气又好笑，捏住他的鼻子，这让李白猛地抽搐了一下，"啊"地叫着醒了过来。她让他洗澡，他还磨蹭了一会儿才去。进了浴室，慢慢地打了香皂，仔细地洗了起来。

等他回来躺在床上时，虽然疲倦，却怎么也睡不着了。他责怪杨小薇搅了他的一个好梦，她朝他哼了一声，就侧身躺下了，抱住他。李白开着灯，找出张报纸，看了不一会儿就丢开了，心事重重地靠在床头发呆。

杨小薇问他有什么心事。

李白闷了一会儿才说:"其实也没什么,就是想出去散散心。"他说想休假,回老家住些日子,他已经好久没有回去看看了。

杨小薇两眼发亮,盯住天花板,沉默了好一会儿,说:"那也挺好的。"

过了一会儿,她见他爬起身去翻衣架上的衣服,就问他:"找什么?"

"六合彩奖券。"他心想,要是一不小心中了个大奖,呵呵,就一劳永逸了!

快到天亮,李白的意识渐渐模糊起来。在黎明前的黑暗中,一跌进睡梦,就突然看到了李清照旧日的笑容。

第2章：唐诗对宋词

李白还记得多年前的那个夜晚。

丁小路敲门喊他去打牌时，李白正在房间看武侠小说，是金庸的《鹿鼎记》。韦小宝和几个美人正在房间里，滚到床上去游戏人生，颠鸾倒凤。在一床质地优良、做工精细的锦被下，一段有关活色生香的佳话，变得忽隐忽现起来。哎呀呀，韦小宝真是个人物啊，大胆放肆，全不顾及屋子外面是否有人窥视，也就是说毫不顾及旁人的感受。就说李白吧，他就看得心潮澎湃，思绪万千，神游万里，对这样的幸福生活顿生羡慕之情。

丁小路推门进来，拿掉他手中的书，翻过来看了眼封面和书名，嘴巴一撇，丢在床上说："没有钱，你就做白日梦吧。"他说那边三缺一，快过去救驾，拉了李白就走。

李白心想他们又在赌钱了。以前他偶尔也去玩玩，毕竟他一个人独自在这城市里度日，寂寞孤独在所难免。后来，他们说老玩素的没劲，便玩起了荤的，还常常为了输赢吵吵闹闹的。本来，李白就不喜欢赌博，这下就更找到理由了，渐渐就不去了。

李白便很久不去玩了，他不喜欢与人吵架，在他看来，这是没有修养的表现。毕竟是银行白领啊，这像什么样子？他心想，这帮家伙也真够胆大的，行里刚发过文件，严禁行里员工赌博，说要防微杜渐，你想啊，要是赌输了，上班看了那些大捆小捆的钱，还不动动歪脑筋？没想到他们竟然还敢如此放肆。

李白挣扎了一下，"我身上没钱啊。"他不想去，还抬头看了眼丢在床上的书说。

丁小路有点不高兴了，"谁喊你去赌钱呀？"他一脸诡秘地说。

"不赌钱？"李白不解。

丁小路说："骗你是小狗，你老呆在这儿看这破书不闷呀？"

"你没看过吧？挺好看的。"李白说得挺认真的。

丁小路说："快过去吧，书留着什么时候看还不是看？"

"给点面子吧。"他见李白还在犹疑，便有点不高兴了。

李白揉了揉眼睛，有点不情愿，但还是半信半疑地起身，跟他过去。

李白性格内向，生活平淡无奇，在单位里，也不是什么风云人物。他不是历史上的那个大诗人李白，那个李白风流倜傥，生活是那么的多姿多彩。

他平常最爱也干得最起劲的事，就是看武侠小说。他宣称已将市面上的武侠小说都看过了，是真是假谁也没有工夫去探究，此时此刻大家关心的，是如何为自己的经济建设添砖加瓦，通俗的说法，也就是逮住一切机会赚钱。

而李白说起武侠故事就眉飞色舞，谈到赚钱就显得英雄气短，或者说是心不在焉，这当然会给大家一个印象，那就是其人与当代生活不合拍，显得有点孤僻，同事都说李白这人性格古怪。

对此评价，李白不置可否，他不明白为什么非得和别人一样。他唯一能做的，也就是随那些武侠英雄飘游五湖四海。除此之外，他还喜欢写点小文章，排遣心中的郁闷，使自己不至于发疯。他的业余生活大抵如此，平淡，没趣。

笼统点来说，丁小路算得上是李白的师傅。李白刚入行，就被分在

储蓄科，跟的就是丁小路。虽然李白很快就调离了储蓄科，但丁小路还是常常以他的师傅自居。丁小路是个爱面子的人，在别人面前，他总爱说，这是我徒弟呢，所以李白就下意识地让着他，既然他要李白给点面子，李白就只好给点面子了。

一过去那边的房间，丁小路指着一个女的介绍说："李清照。"她对着他笑了笑。李白突然眼前一亮，就变得有点不自然，脸发烫，他没敢正眼好好端详她。

贺兰喊："怎么半天才过来？"

"李大诗人在做诗啊。"

丁小路说完就哈哈大笑起来，他经常调侃李白。贺兰也笑，咯咯的好开心。在座的只有李清照没有笑。这让李白印象深刻，也有了好奇心。

"不是不是，你别乱说！"李白有点慌地摆手。

说李白是在牌桌上认识李清照的，并不为过。以前，他们只是听说过彼此的名字而已，大家都是同事嘛。但全行两百多人，除了有心人或白天上班时坐在周围的，许多同事看上去全是似熟非熟的，名字和人对不上号。他们不在一个科室，各自还在支行下面的办事处或科室调来调去，而开会时李白也常常眼睛朝下，算个"低头族"，当然也就无缘在沙砾当中发现隐藏的珍珠了。两人并没有接触过，但总有人拿这两个名字开玩笑，他们便记住了对方的名字，但人和名字，却是今天才对上号的。

"原来你就是大诗人啊。"李清照看了他一眼，笑着说道。

李白不好意思地笑了笑，说："我爸爱喝酒。"

李白不明白为什么会说出这句话来，他本来的意思是想说，他父亲崇拜喜酒赋诗的李白，所以才给他取了这名字。不过，李清照好像明白他要说的意思，她说她爸也一样。

这样简单的几句话后，他们算是打过招呼了，便坐下打牌。他和她坐对家，因为李清照说了句："唐诗对宋词。"贺兰也笑了，喊着附和。当然，这么喊的人不包括丁小路，他有点吃醋。

几个人就这么一来一去玩开了，刚开始，还有点欢声笑语，但玩了一会儿素的，丁小路显得无精打采的，老喊不带劲，他眼睛转来转去。过了一会儿，他离开位子，走到墙角的柜子旁边，从抽屉里掏出几捆钱，丢在大家的桌面。

李白有点紧张地说："不是说好不来荤的吗？"

"是只玩素的呀。"李清照也附和。

丁小路有点得意地说："看来，我白带你这个徒弟了。"他将两叠钞票对拍起来，发出啪啪的声响。他指了指那几捆钞票，让他看清楚。李白推了推眼镜才看清，是储蓄员平常练习点钞票用的"练功钞"，大小跟真钞一样，但颜色浅些。他心里才一阵释然，继续接着打，丁小路还去拿了一张纸来做记录。

期间，李白利用出牌后等待的机会，朝李清照多看了几眼。在灯光下，她皮肤显得白皙，左眼边的一颗小黑痣，起到了点睛之笔的作用，气质挺优雅的。李白心想，这是否就是人家说的"滴泪痣"呢？什么是樱桃小嘴？原先李白看那些武侠小说里写到这样的话，感觉很抽象，总是无法有个具体的理解。看到李清照说话的嘴，这下李白有了具体的理解了。再看她拿牌的手，手掌是绵软小巧，手指丰腴刚好不见骨头。李白看书上说的，这是福相。他没想到银行竟然还有这样的美人，他在心里轻轻地吸了一口气。

由于李白有点走神，所以他和李清照输多赢少。李白有点着急，额头上泛了几点汗珠。

丁小路见状说："我们换换对家吧，换换风水。"

他的对家贺兰看了眼桌面上的钞票，也看出了他的企图，就说她不干，她正顺手呢。丁小路便无法表现自己的谦让了。李清照似乎并不在乎，依旧不急不慢地出着牌，输了就从自己的那捆钱中抽出一张，赢了

就将钞票压在下面。

正打得起劲，突然门被人推开了，"不要动！"几个大汉一拥而入，大声喊道。

李白他们四个人吓了一跳，一时停了手中的牌，呆在座位上。

进来的那几个人冷笑道："玩得挺开心的啊？"

丁小路是比较早缓过神来的，他喝问他们是什么人，私闯民宅想干什么？

"什么人？辖区派出所的！"那个领头挺牛逼的。

哦，原来是这样！"有什么事？"丁小路松了一口气，问他们。

"赢了不少吧？"那人指了指桌上的东西。

丁小路有点得意地说："还可以吧。"

"拷起来！"那人突然喊了句。

李清照这下站了起来："凭什么呀？"

那人说："凭什么？你们知道聚众赌博是犯法的吗？"

李白整个人都懵了，坐在那里，脑子一片空白。

"谁赌博呀？我们在玩卫生牌。"贺兰说。

那个人指了指桌上的那堆"钞票"，"那是什么？"得意地问她。

李清照笑了，丁小路也笑了，贺兰更是笑坏了，都流眼泪了。

"等进了局子，看你们还笑得出声？"那人火了。

李清照拿起一捆钞票，"看清楚啦？"放在那人的手上说。

那人接了看也不看，拍着就说："你们装傻呀？干银行的没见过钞票吗？"

"见过无数钞票，但很少是你手上的这种。"丁小路说。

那人一听有点愣住了，拿起手中的那捆钞票换了几个角度看，感到是有点不对劲。他看了一会儿似乎明白了什么，自作聪明兴奋地喊："拷起来！这些家伙还弄假钞呢！"

"什么假钞呀，是'练功钞'！"李清照有点不耐烦了。

那几个人都张大了嘴，还没有明白过来。丁小路怕他们继续纠缠，就赶紧如此这般地做了解释，说"练功钞"就是他们练习点算钞票速度的工具。他还拿过那捆"练功钞"，现场演练起来，李白知道，他的手上功夫了得，快而准，还发出"唰唰唰"的美妙声响。丁小路边演练，边抬头看了警察几眼，嘴上还说："就是这样练习的。"

李白坐在那里，用力搓着手，他看见那几个派出所的人，脸色忽红忽白地转变着颜色。最后那个领头的丢下一句话，"回去找那小子算账！"就走了。估计是有什么人去举报他们了，但消息出错了。

他们怒气冲冲地离开，将门很响地关上，一声"砰"的声响后，屋子里的空气突然像泄掉了不少，顿时沉寂下来。李清照说真扫兴，不玩了。她站起身，挎上她的坤包。丁小路突然哈哈大笑起来，说："这下可找到了一个对付他们的方法了。"他将那几捆"练功钞"收拾好，丢回抽屉里。他一边收拾扑克牌，一边说肯定有人去派出所告密了。

"妈的，等我找出是谁，饶不了他！"丁小路说。

李白一直没怎么说话，这下擦擦额角说："是不是太闹了？"

丁小路伸了个懒腰："白天像个机器人，回来就不能轻松一下吗？"白了他一眼。

贺兰打了个哈欠，对李白说："送送李清照吧。"

丁小路丢下手上的牌，说他送吧。

"唐诗对宋词，你省了吧。"

李清照没说什么，对着李白笑了笑，说走啦，就走出房间。

李白还愣在那里。

"还站着干吗？"贺兰努努嘴。

李白这才"啊"地回过神来，说："好吧。"

李白迅速追上去，下了楼，他又有点不好意思，就赶紧收住脚步，改为快步走，喘着气追赶上去。

李清照已经走在外面的人行道上了。今天她穿了件白色的连衣裙，晚风吹来，她的长发就飞扬起来，多么飘逸的一幅画啊！而她脚下的鞋跟敲在地砖上，"哒哒哒"的声音在黑夜中回响，有种扣人心弦的韵味，这让李白的心跳也跟随了那节奏跳动起来了。从后面看过去，李清照大概是一米六左右，体态轻盈，走路的姿态美极了，有一种大家闺秀的风范。

李白看呆了，不禁想起"胜似闲庭信步"这句诗来。他有点气喘地加快脚步，急急地在后面"喂"地喊了声。但只喊了一声，他就觉得有失风度，就打住，只是加快了脚步。

李清照听见喊声，回转头来，对他笑笑，放慢了脚步，然后站住了，等他追上来，才一起走了。

李白和李清照并排走着，她的手袋，不时碰到李白的身体，让他有种美好的情绪荡漾开来。李白不知道说什么好，所以干脆不说；李清照呢，主动问李白平常有什么活动。李白有点不好意思，说也没有什么活动，就喜欢看武侠，偶尔丁小路会拉他去打打牌。他一说到打牌，又意识到什么似的，赶紧说，其实他不喜欢打牌的。他不好意思地笑了一下，说："他是我师傅嘛。"意思是，他总得给丁小路面子。

李清照"哦"了一声，说："是吗?"

"你也喜欢?"李白听了这语气，以为她也喜欢看这类书。

李清照笑了笑说："我看电视。"

李白也不知道怎么的，听了有些失落。

他和她，走啊走，最后，他们到了一个住宅区的大门口。

李清照站住，说她到了。李白觉得有点突然，也站住，一时不知道说什么好。

"你写诗吗?"李清照突然又问了句。

李白有点脸红，说："写点小文章消遣。"

李清照"哦"了声："哪天给我看看?"她笑笑说。

"现在谁还看这样的东西啊。"李白有点紧张。

李清照笑着说:"谢谢你。"

"谢谢你送我。"看见李白脸上的不解,她又加了句。

李白慌忙说:"也谢谢你啊。"

李清照张了张嘴,笑了笑,没说什么,对他摇摇手,就进去了。

李白呆呆地朝她远去的背影张望了一会儿,然后在怅然中,慢慢往回走。李白抬头望去,路边的玉兰花开了,香气沁人心脾,使他在路上浮想联翩,感到这个夜晚十分的神秘,安静里隐闪着一种刺激的光芒。唉,他在心底,长长地叹息了一声。

等李白看到银行宿舍的大门,他突然意识到,那段路太短了,他有点意犹未尽。回到宿舍,拖拖拉拉了一会儿,才洗过澡上了床,拿起丢在上面的《鹿鼎记》看了几页,进入梦乡。半夜醒了的时候,他听到外面玉兰花簌簌落地的微小的声音。

早上醒来后,他一掀被子,就嗅到一股精液的腥甜味,他意识到自己也春暖花开了,心里顿时又喜又忧,毕竟这是童男的怀春期啊。

后来,丁小路在行里鼓捣,要搞牌友俱乐部。李白也挺积极地帮着张罗具体的事务,丁小路对李白的举动挺奇怪的。

牌友俱乐部搞起来后,行里那些凡是家不在本区的年轻人,特别是从外省来的,都爱来凑热闹,当然,连一些不打牌的,也来了。男女都想借机结识对方,私下有个共识,"肥水不流外人田",一到活动时间,就成了年轻人的聚会。

当然,还有个重要原因,就是几个行长也喜欢打牌,这种娱乐也就成了接触领导套近乎的一个途径,还不露痕迹,所以很受那些有上进心的同事们欢迎。

开始,李白是每晚必到,即使没有座位,也站着观战。丁小路总是最起劲的,一般都以他的房间为主战场。李白不明白,为什么

丁小路打牌总爱来荤的。他只是一个代办员，工资不高，为此还经常发牢骚呢。但自那次抓赌事件后，丁小路就学聪明了，每次玩荤的，他先用"练功钞"作筹码，打完后做个记录，算算每个人输赢多少，然后再用真钞票结算，既过瘾又安全。这一招还真灵，从来没有出过事。

贺兰也经常来玩，老要和丁小路坐对家。大家都猜想她对小丁有意思。她不避讳，也不承认。但李清照不常来，只是偶尔现现身。李白慢慢就有点失望了，热情也降温了，去得也渐渐少了。他常常一个人在房间里看武侠小说，弄得自己思绪万千，还发出无数的慨叹。

有一次，行里包场看电影，是《夜半歌声》，张国荣主演的。许多人都拿了票不去，场子挺空的。李白就壮胆坐到李清照左边的位子上。李清照看得入神，她说过张国荣是她的偶像，连李白频频扭头看她也没有觉察。后来张国荣那张烧坏的脸出现在银幕上，她便吓得"啊"地尖叫一声，声音在黑暗中回荡。当然，尖叫的并不只她一个人，许多女人都在尖叫，但李白只听到她的声音。

伴随着尖叫声，李清照紧闭双眼，伸手抓住了李白的手，将头和身子埋向李白的肩膀。这是李白最幸福的一刻。李清照的身体在发抖，因为害怕，那个时候，她只有害怕；而李白的身子也在发抖，不过他不是因为害怕，而是因为激动。他握住了她伸过来的手，但只持续了一会儿，李清照就将眼睛睁开了。

在回去的路上，李清照对李白说："你要是我的弟弟多好呀。"

"我不愿意。"李白低着头，说了句。

李清照就笑了说："我大你三岁嘛。"

李白没话了。

有一天，李白下班看见有一辆小车停在门口。当时他没在意，后来看见李清照出门上了那辆车，他从此对她就死心了。之后，他们也不再提做姐弟的事了。不过后来有一段时间，李白经常会出现在牌局上，他不是因为喜欢打牌，而是喜欢在那样的一种氛围里，去缅怀一个远去了的美好的夜晚。李白爱做白日梦，但他做得浪漫而节制，这可能与他的职业有关。

　　李白和女人的缘分还是发生在牌局上。他后来在牌局上认识了杨小薇，她是李白的校友带来的，他们也喜欢牌局。人在异乡人孤独，年轻人便喜欢凑在一起热闹。当时校友在牌桌上介绍李白的名字和职业时，大家都"啊"地发出感叹声。

　　李白看见周围的脸盘就像向日葵似的朝向他这边。这不奇怪，八十年代和九十年代，甚至，即使金融危机了，干银行的还是挺吃香的，这职业让人充满了羡慕，你看看人们的眼神就清楚了。

　　李白看到一双眼睛尤其明亮。"这是杨小薇。"校友是这样给他介绍的。

　　牌局开始，杨小薇坐了李白的对家。李白看她的时候老走神，他在拿她与李清照做比较，他竟然发现她俩还有点像呢，个子，神态等等。当时只是局部相像而已，但已让李白走神了，结果是李白老犯一些幼稚的错误，导致输多赢少。他们打的是卫生牌，但输的一方，要在下巴或腮帮上夹上一个木制的衣夹子。

　　一场牌局下来，李白的下巴和腮帮都夹满了衣服夹子。现在要是说起那时候的战况，李白有时还是忍不住要笑出声来的。杨小薇脸上当然一个夹子也没有，因为李白都为她代劳了。李白对这样的结果并没表示遗憾，相反他神色愉悦，对他来说，受点皮肉疼痛不算什么，他又在一场相似的牌局里重温了一个旧梦，精神上得到了极大的满足。当然杨小薇并不知道他心里在想什么，她觉得李白挺大方的，因为李白说散了他请吃宵夜。

　　散局后，李白的下巴和腮帮上，有一排夹子咬下的印记，他对此毫不在乎。而杨小薇看了都有点不好意思了，吃吃偷笑。李白见了，用手

摸了摸那些印记，也笑了。

校友们打趣说，李白结婚之后一定是个好丈夫，杨小薇听了就望着他笑。

在牌局上一来二去，他们就熟了，这不是什么困难的事。他们都喜欢上了牌局，有时，别人不玩了，两人就会邀请对方，凑到一起，也打得起劲，一时间欢声笑语的。

听李白将牌局谈得津津有味，丁小路就奇怪了，问他到哪找对手练去了。李白这时对李清照那件事已经释然了，他已经能够很坦然地约杨小薇一起去看电影了，还是去看《夜半歌声》。

看电影的时候，还是那个同样的片段，杨小薇也会在黑暗中紧张，也发出尖叫声，紧闭眼睛，将身子和头紧靠过来，并且会将手及时地伸过来，抓住李白的手。而李白呢，也顺理成章地握住她的手，他拍拍她的手，轻声说："等过了这个片段，我叫你再看吧。"杨小薇回了他一个会意的微笑。出了电影院，他们已经左手拉着右手了。

送杨小薇回去的路上，她没有提过让他做哥哥或弟弟的话，她一脸的幸福模样，话不多，但眼睛却像天上的星星，老侧着脸朝他眨眼。李白呢，什么都不用说，他惊讶地发觉，生活中，同样的事，竟然会有如此不同的结果，他感叹真是一样的米，养了百样的人。

这就是李白的恋爱故事，简单平淡，就像他干的工作一样毫无新意。

结婚时，李白的母亲送了两把小锁给他们，是用金银打制的，说是金银锁，寓意他们是金童玉女，长长久久。

从此，李白就将它终日挂在脖子上，连洗澡也不取下来。李白常在低头时，看到那把锁闪着金银的光泽，常常感慨地自言自语说："我给锁上了。"杨小薇不知道他指的是自己还是银行。

第3章：李白式幽默

这晚，李白和杨小薇不打牌。事实上，他们有相当长的时间不玩牌了。结婚后，他们打牌的时间越来越少。起先，偶尔想起过去的这个兴趣，两人都会轻轻地叹息一下，回忆一下，拿当时的趣事来调侃几句；后来呢，慢慢的，两人都顾不上提及了。

夫妇俩还没有小孩，家里也没有多少家务要干，但他们总提不起精神来。他们有时也问对方，当年的那股干劲哪里去了，但谁也答不出来。

李白打开电视机，放的又是日剧《第一百零一次求婚》。李白有点烦腻，觉得日本人也真是的，神情呆板，演爱情故事实在不够动人。他刚想转频道，却被杨小薇制止了，她有点兴奋，说："哎，就这个了。"她每天晚上追着这些肥皂剧看，看得泪水涟涟。

李白说："这有什么看头啊？"

"是不是你当初追我太容易了？"杨小薇瞥他一眼。

李白不想接话茬，他知道后面的陷阱，以前他不知道深浅，一跟过去，就掉进去了。她兴奋莫名，有一股欲追穷寇的热情，而他就显得狼狈不堪，每次都这样，为这样的话题闹得不愉快。

此时，他只好站起来伸了个懒腰，一个人进了浴室，顶了花洒的水，呼啦呼啦地洗了起来。在自己家里了，他要让自己放松再放松。关

上水龙头，他感到通体松弛了。出来后，就悄悄溜进卧室，从床头翻出金庸的《鹿鼎记》看了起来，他想飘游四海五湖，做个自由人。

杨小薇不知道什么时候进来了，就站在卧室的门口。看了他一会儿，李白没有发现，他正陶醉在其中的情节里。杨小薇上床就将被子卷了一半去，将后脑勺留给他。

李白见了，下意识地丢下书，过去哄她。杨小薇却不理睬他，还用被子将自己的身体裹紧。在同样或相似的时刻或场景里，杨小薇就没有让他得手过。而且，她老是问他，当初她是否太容易让他得手了？此话一出，李白真不知道拿什么话来作答。

闹了一会儿，李白看实在没法得逞，只好放弃，在一边生闷气。他又开了灯，将《鹿鼎记》捧在手上。

他有点感慨，婚姻、女人、男人，就像是一本书，不是页页都精彩，字字句句都咬弦，但作者和读者还是有区别的。如果作者功力有限，他或她有什么办法呢？不过相比之下，做读者的自由度还是大点，不喜欢了，或厌倦了，可以暂时搁下，束之高阁，又或者快快地翻过没有味道的那几页。李白觉得日子还是过得很快的，就像他翻动手中的书页一样，不觉得几年就过去了。

见李白还在看书，杨小薇又不满意了，她翻了个身子说："整天看这个，里面有座金山吗？"李白只好打哈哈说："不是说'书中自有黄金屋，书中自有颜如玉'嘛。"杨小薇说："尽说些废话！"

过了一会儿，见李白还在挑灯夜战，杨小薇又喊开了："开着灯让人家怎么睡呀？"李白只好停止了翻书的动作，啪地将灯关了。他尝试将眼睛闭上，却丝毫没有睡意。他怕影响到她的睡眠，只好减少蠕动，躺在床上，看着外面的车灯在窗帘上打出的或亮或暗的光影，想些心事。

第二天，李白醒得早，天刚蒙蒙亮他就醒了，翻了几个身，却无法再跌进黑暗的深渊。一想到又要去上班，他心里就烦死了。他在心里暗暗地喊了句："六合彩！"

他在床上赖了一会，又嗅到了被子里精液的腥甜味，他感到一种冰凉，贴紧自己的肌肤。他无可奈何地爬起身，蹑手蹑脚地摸到浴室，用厕纸擦干内裤的水分，然后睡眼惺忪地坐在客厅的沙发上。他打着瞌睡，打开电视机，想看看新闻，上班前看看新闻是他多年来养成的习惯。

画面上是一幢冒着浓烟的摩天大厦。以往这个时候放的都是粤语残片，都是些怀旧片。李白以为是西片，看了一会儿，画面还是不变。他换了一个频道，还是那样的画面。他又换了一遍，不免有点失望。大概是没有到新闻时间吧，他是这样想的，闭上眼睛打了个瞌睡。再睁开眼睛，画面上冒烟的大厦变为两幢了，他看见屏幕下方打出一行字幕，游动得快，他也没有去看，因为眼睛还是黏黏的难受。不过新闻节目主持人今天的报道语调与平常不同，话说得断断续续的。李白听了好一会儿，才明白那不是西片的画面。

主持人说："美国纽约市的世界贸易中心遭受袭击！恐怖分子劫持了两架民航飞机，撞向世贸大厦！现在是在做现场直播。"

李白跳了起来，冲进卧室，他想叫杨小薇起来看。但他看见杨小薇在睡梦中正露出幸福的微笑，嘴角流出了欢乐的口水，正在向枕巾渗透。李白有点不忍心，他想这世界末日般的消息，还是留给白天吧。

李白重新站回电视机前，听隐在画面后的主持人，用低沉的语调说着话，将那个悲惨事件的发展，一点点推向电视观众的眼前：高耸入云的冒烟的大厦、飞机、恐怖分子、星条旗、惊恐万分争相逃跑的人群。

这样混乱惊恐的场面，李白一点也不陌生，他在西片影碟中见识过无数次，已经到了熟视无睹的程度了。每次看这样的片子，李白就当是看热闹，因为他知道眼前全是假的，是特技的功劳，而且，好人总归是要胜利的，坏人呢，一定会受到惩罚，所以他从来不会去担心英雄或受

害者的结局。只是今天事件的导演是另一群人而已。他的心室流进了成分复杂的液体，说不清楚该怎样去形容。

突然闹钟炸响了，李白惊得跳了起来。他这才发现，他的胡须未刮，牙齿未刷，脸未洗。他手忙脚乱起来，冲进浴室忙了一番，将每天必备的功课做完，匆匆吃了一块面包出门了。

李白没有赶上单位的员工车，他刚好看见车屁股后面冒出黑烟跑了。李白只好挤上一辆公共汽车，摇摇晃晃地赶到单位。还没到营业时间，他从"二道门"一进银行的营业大厅，就听见大家正在议论纷纷，话题当然是世贸中心遇袭事件。

丁小路看见他进来，就问他："看新闻了没有？"

"看啦。"李白说。

丁小路说："美国人终于疼了！"

"没点同情心。"贺兰抢白了他一句。

丁小路正吃着早餐，不知道是被包子还是被这话给噎了一下，他很大声地咳嗽了几声，赶紧找水喝了一口。

贺兰对事件的评价就一个字：惨！她问李白怎么看。

李白正往脖子上系领带，他说："要是我在上面，就不用来上班了。"

"你有病啊？"贺兰白了他一眼。

李白用力一拉领带，将胸一挺，脖子一扭，狠狠地说："是啊，我想解放嘛。"

大家对他的奇谈怪论耻笑不已。不过，他总是不时发表些怪论的，大家也习以为常了。此时李白并不想做解释，他心里挺烦的，可烦什么，他一时又说不清。他只是将领带拉来拉去的，希望系得好看些。

这时，李清照从"二道门"进来。她上班总是来得不早不晚，踩中节奏，恰到好处。这段时间，银行里不断进行机构调整或者合并，李清照和李白终于调到了同一个科室。大家提到他们，或者拿他们开玩笑，还是那句话："唐诗对宋词。"他们终于有机会坐在各自的视线范围了。

那天，李白正拉开抽屉，拿出私章，并用镊子调整转讫章上的日期，叶平凡领着李清照来到他跟前。见了李清照，他还是有点气喘心跳的，他不知道两人的到来有何目的。他手上的镊子戳疼了手，他的眉头皱了皱，却一句话也没说。李清照就静静地站在旁边，没有出声。

叶平凡说："你带带她。"

李白对这样的安排可以说是措手不及。他愣了几秒钟，才笑了说："她资格比我老呢。"李清照笑笑，说："在这儿你资格老嘛。"她说着将坤包放好，拉了一张椅子坐在李白的旁边。

李白沉默了一会，就闻到李清照身上飘过来的淡淡香水味，这味道让他有点恍惚，一下子又回到了多年前的某个夜晚。他没想到，她会轮岗到他所在的结算科，他还会做她的师傅。

"你还玩牌吗？"李白后来没话找话。

李清照抿嘴一笑，说："你还看武侠吗？"

他们都没有答对方的问题，但问过后就都笑了起来。

毋庸置疑，李清照是个聪明的女人，学东西上手快，手脚也勤快。很快李白也将自己的心态调整过来了，慢慢就变得自然了，偶尔还随便起来，有时李清照会喊他"老李"，李白同样也戏称她为"小李"，师徒关系挺融洽的，工作配合也很默契。

李白已经有一个星期没有见到她了。李清照今天穿了件粉红色的西装套裙，十分醒目，与李白的黑色行服形成鲜明的反差。

李白感到眼前一亮："你真幸福啊。"他羡慕地说道。

李清照刚从会计科调来的，那里算是二线，不用穿行服，来这里又没有赶上做行服，所以就爱穿什么是什么。

李清照就笑着问他："这话什么意思？"

"我一身都黑啊。"李白说。

李清照以为他遇到什么倒霉的事，就一脸不解地望着他。李白指了指身上的行服，李清照"哦"了声明白了他的意思，笑着说："去跟人事科说说，调二线去吧，那倒是件幸福的事。"

刚上班，顾客还不多，他们便有一搭没一搭地闲聊。李白问她看新闻了没有，李清照清早刚从分行培训中心的宿舍赶过来，所以不知道他问的是什么新闻，李白就将世贸中心遇袭事件告诉了她。

李清照显得有点吃惊说："不会吧？"李白突然觉得谈论这样的事情，是否太煞风景了，就转换了话题，问起她有关培训的事，李清照摇了摇头说："简直是在听'天书'。"原来上课的老师是个广东人，普通话本来就差，但他为了照顾所有的人，就坚持说普通话，结果他在台上讲得眉飞色舞，坐在讲台下面听课的人却不知所云。

李白突然想起一则与方言有关的笑话，便说起了这个笑话。

有次他北京来了个校友，是个局级干部，到了广东 T 市来公干，也算是游玩吧，总之是公私兼顾。或者说，不能单独脱开身，于是顺便将李白也叫上去，说一块游玩吧，也可以叙旧。李白当然也高兴作陪，想想同学几年不见，这下可以狂吹乱侃了。

接待的对口单位的书记十分热情，带他们参观了市里的一些景点后，看他的校友玩得兴致勃勃的，几杯酒下肚，就又将游玩计划升级了，将他们安排去郊区的一些景点游玩。

他们是坐船去的，一路上两岸风光秀丽。书记自然也十分自豪，他说还没到最美的地方呢，说着就要拉李白的校友坐到船头去，说这样看风景可以一览无遗。

书记的普通话虽然说得一塌糊涂，但他还非说不可，以示尊重北京来的客人。他说来来，领导坐在"床头"看"娇妻"，才会越看越美丽的。李白的校友是带了夫人随行的，听了以为是带色的黄段子，便脸露不快之色。但还不好发作，只好假装没听见。

书记的秘书大概看出了问题，赶紧解释说，"书记的普通话不好，他的原话是说，领导坐在"船头"上看'郊区'，才会越看越'美丽'。"李白的校友一听，便哈哈大笑起来。李白在这里工作了多年，对此当然见多不怪，不过也跟着笑了起来。

书记也赶紧说："让北京的朋友和领导见笑啦。"接下来的游玩途中，虽然还不时有这类小插曲，但李白的校友也已经习惯了，只当是旅途中添了一些趣事，了解了一点地方语言的生动活泼，或者带回去，当是小趣事，说给同事听。

中午回来吃饭，大家有点疲惫，但兴致很好，喝了不少的酒。用过餐，书记对服务员喊："上饭后果。"大家可能吃得有点饱了，或者是累了，都对餐桌上的西瓜眼露犹豫。

书记以为大家客气，自己抓起一块大的西瓜，塞到李白校友手中，说："别客气啦，我们这里没什么好招待的，领导吃'大便'，"说完他又抓了一块小块的说，"我吃'小便'，都别客气啦，快动手动口啦。吃完我再让服务员'拉'。"说着哈哈笑着吃起了手中的西瓜。

李白的校友愣住了，正想发作，其他随行的人也拿眼睛直瞪住书记。书记不知道自己出丑了，还挥着手上的西瓜说："吃啦，都别客气。"校友的夫人可能是太饱了，更是哇地吐了出来。

书记一时慌了，不知所措。还是秘书反应快，赶紧替书记"翻译"说："书记刚才是说请领导吃大片（块）的，他自己吃小片（块）的，吃完他再让服务员拿，没有其他意思。"书记听着，在一旁尴尬地抹着额头的汗水。

李白的校友终于没有拂袖而去，但据说回北京后，专门就这个问题，给广东的有关部门发了个文件，强调广东的领导干部要学好普通话。他说，我们还好，要是换成了老外，这要是发生误会，问题就大了，所以要重视起来，从领导干部做起。

李白绘声绘色地说完这个笑话，李清照已经快要笑断气了，贺兰也

笑得捂住了肚子。丁小路跟着笑了几声，心里有点妒忌，他将计算器打得啪啪响，说有什么好笑的呢，见众人不回应，又喊："李白变化真大。"

"变什么啦？"李清照忍住笑了。

丁小路说："你没发现？"

"发现什么？"李清照问他。

丁小路说："过去的李白屁都不放一个，一结婚就油嘴滑舌。"

"关你什么事啦？"李白回了他一句。

丁小路没有接话茬。他看了外面一眼，指着一个老外问李白算过没有，来这儿办业务的老外摘走多少祖国的花朵？来这个支行办理业务的老外挺多的，他们有时会拿这个做话题来调侃。李白望出去，看见一个老外站在提款机前取钱，身后站了一个很丑的塌鼻女孩，但拥有一双骄人的大乳房，走起路来趾高气扬的。

李白就说："越多越好啊，都不是优良品种，你该高兴啊，老外帮助我们优化品种。"

"屁话，人家的审美眼光不同嘛。"丁小路边说话，手指边在计算器的键盘上跳舞。

李白还想说什么，窗口过来一个顾客，脸拉得老长的，就像谁欠了他一百万。此时李白虽然意犹未尽，但也只好将话打住，将下面的话随口水咽了回去。李白十分讨厌这个客户，公司规模小，但麻烦事挺多，一来款就提现金，账户上没有多少存款。李白私下怀疑，这会不会是个专替人洗黑钱的公司。

那个顾客递进来一张支票，说他要取五万元。李白拿了去核对印鉴，发现支票上的印鉴有点走样了，而且"用途"一栏也写的是"备用金"。李白回来就不客气地说："对不起，印鉴不符，用途也不能这样写。"那顾客板着脸问："以前为什么这样能取款？"

李白记起他是取过，第一次嘛，算是通融，但他也说过下不为例的，所以李白有点不高兴，说以前是以前，现在是现在。他说要重新盖印鉴，再改写用途，否则不能取那么多"备用金"的。那个顾客有点火了，说什么印鉴不符呀，公司就这么个公章，大家来往了多年，就不能通融吗？李白说，不行，银行有制度。

"你这是什么态度?!"那个顾客高声喊道。

李清照站起身，缓了口气说："我们也是为了你们资金的安全嘛。"

"我自己还不能取自己的钱?"那个顾客说。

他声称自己想取多少就取多少。他边说边将玻璃窗外的大理石柜台拍得"叭叭"响。

丁小路则坐在不远的位子，幸灾乐祸地望着这边。

李白听后冷笑了几声，没有搭理他。李清照忙解释说，不是不让他取，回去开张新的支票，印鉴盖清晰，改改用途就行了。那个顾客却不干，他找理由说回公司太远了，坚持要给他"通融"。他还质问李白，不回去重新开张新的支票，就一定不让取款？这话将李白噎得脸都涨红了，一时找不到合适的话回答他，只好气呼呼地站在那里。

最后，那个顾客喊了起来："如果不给取，我就销户，转款去别的银行!"李白一听，本来想说我正求之不得呢。这时叶平凡刚外出回来，经过营业大厅时，听见了吵闹声，就赶紧走过来，将那个客户引进了大户室，谈了一阵才出来。叶平凡手中拿了那张支票，来到柜台前，在那张支票后面签字后，对李白说："让他取吧。"那个顾客取款时，又看了李白一眼，露出胜利者的眼神，离开时更显得趾高气扬。

"这人怎么回事呀?"李清照吐了吐舌头。

李白狠狠地骂了句："我操!"

他说完又觉得没劲，懒洋洋地掉转头，对李清照说："现在知道我们过的是什么日子了吧?"

李清照说："还是在会计科的日子滋润。"她说完就叹了口气，本来还想说什么的，看其他人望向这边，就打住不说了。

叶平凡将李白叫进他的办公室骂了一顿。他说："李白你这样的态度会将客户赶跑的。"李白有点不服气，争辩说自己只是按制度办事，叶平凡说："你是人嘛，脑筋是活的吧，你就不能灵活点？"

听他这么一说，李白可不高兴了，他一想起上周的每周例会上，叶平凡对他不点名批评，心里就火了，他委屈得说不出话来。上周也是类似的一件事，他就是没有跟叶平凡说（因为他出去跑公司了，科里其他的小头目股长都刚好没在），他就自作主张给一个客户通融了，心想那出纳员他们都熟悉，公司信誉也好，而且人家的户头的存款日均余额也大，是该维护的客户。可事后一说，叶平凡就有点不高兴，他心里责怪李白擅作主张，只不过没有把话说出来罢了，但一抓住机会，就会不点名批评他，暗示有人没有遵守规章制度。

这样一想，李白还是不服气，他说："开会不是讲了要让小客户自然流失吗？"

叶平凡又气又好笑，骂道："你是人头猪脑啊？客户他要走是他的事，但你不能明白地将话说出来，说出来就是你的错，懂了吗？"

李白心想，我懂有什么用呀？你遵章办事嘛，就说你不够灵活；灵活一点呢，又说你不按规章办事，是乱来，是要犯错误的。我又不是科长，也没有权灵活处理掌握，妈的，真是左右不是人。想到这里，干脆不说了，阴沉着脸，哼哈着听叶平凡啰嗦完，最后说："以后有类似的事就向你请示吧。"

出来后，李清照问他密谈了什么。李白做个鬼脸，没说什么。有李清照在，李白觉得日子过得还算可以。李白突然问起李清照，行里派她去培训，是不是又有什么新动作。行里一有风吹草动，总让人心烦的。李清照说好像是要上一套新系统吧，李白说不知道是好事还是坏事。他的手指在计算器的键盘上舞动起来，打出啪啪的声响。

好不容易熬到下班，他们将东西收拾了，然后一起走，他们正好有一段路是同路。

在等车时，李清照望了李白一眼，突然说："你老婆一定开心死啦。"

"什么意思啊?"李白对她的话感到困惑。

李清照笑了笑，说想不到李白你是个挺好玩的人。

李白本来想开玩笑问她是否后悔了，但他望了一眼黑下来的天色，忧郁地说："我们正在变成一个不断膨胀的气球!"

李清照听了若有所思，说："呀，这话还挺有哲学味的嘛。"

车来了，李清照喊他一起上车。李白刚挤到车门口，突然又返身退了出来，他说自己忘了还有一件事情，李清照站在车上看着他跑过对面的马路。

李白跑到福利彩票投注站买了一注彩票，然后小心地折好放进钱夹子。他望了望华灯初上的街道，拿了一张零钞在手，跑回去等下一辆公共汽车的到来。

李白近来热衷于买彩票，每期都买，或多或少，他想碰碰运气，他将杨小薇的梦想寄托在上面。按他的说法，去偷去抢，对他来说是不可能的。股票呢?他玩过，但最后的结果是损手烂脚的，一害怕就不敢玩了，死了靠炒股票发家致富的心思。而买福利彩票则是个不错的选择，中了呢，是运气;不中呢，就当是为中国的福利事业做点贡献吧。

第4章：心惊艳遇

这晚，李白回家后，也没做饭，叫了两份外卖，和杨小薇草草地吃了起来。这段时间，他们的晚饭吃得很简单，因为忙啊。李白是个爱下厨的人，这点婚前常受到杨小薇的表扬，至于她是否因为这点才嫁给李白，这就不好说了，因为她一直没有就此问题发表过正式的看法。但她说过了，这是很重要的优点，希望李白好好发扬光大，当然后来慢慢就说得少了，以至最后渐渐不提了。

杨小薇吃了几口，就撂了筷子，皱着眉头。李白扒了几口饭，也将饭盒盖上。天天吃这个，连他都觉得没胃口。但自己回来晚了，还没进门就饥肠辘辘，身子软绵绵的，根本就没有力气做饭。当然，杨小薇也是早出晚归，也别指望她了。

李白将盒饭的盖子合上，放进塑料袋里，放到厨房，返回客厅后，他有点内疚，看了杨小薇一眼说："害你连热饭也吃不上了。"

杨小薇翘了翘嘴巴，没说什么。

"暂时的嘛。"李白赶紧又安慰她。

李白洗了手，再进书房拿了个塑料袋，塞了几本书进去。他说得马上走，要不他可快迟到了。他出门前，又跑去厨房，将冲好的奶粉拿给杨小薇，说："补充点营养吧。"杨小薇接了，但又放回桌上。李白看着她，杨小薇说："等一会儿。"她说没有胃口。李白说可能是累的，关门前，又去厨房，将那装了饭盒的垃圾袋提上，又对她叮嘱了一次。

"过半小时吧。"杨小薇有点不耐烦了。

现在行里隔三差五地就要搞业务培训，还占用晚上的时间。李白下班后，没法再做饭了，只得叫快餐，常这样匆匆扒几口难吃的盒饭，就跑去上课。每天他都感到疲惫不堪，常常听着课就睡了过去，然后在下课时被人吵醒，昏昏沉沉地走在回家的路上。

今天上课的还是白老师，他年纪不大，但说话慢条斯理，有点老年病年轻化的迹象。白老师除了向学生传授书本知识外，还喜欢在上了十五分钟课后，对面前的学生谈很堂皇的人生观，说一些诸如"今天工作不努力，明天努力找工作"的大道理。一节课六十分钟，行里就得付他六十元。他的语速就像钟摆一样匀速，他总是以这样的语速，按部就班掀动大家手上的书页，他严肃的脸上不时露出自得的神色，就像正在掀动手中的钞票一样过瘾。

在安静的课室里，李白总能在他催眠似的语调中睡过去。他就在那样的时刻，恍然走在了回家的路上，晚风吹打着他的脸庞，眼前常有一些美好的身影闪过。李白在安静的课室里发出开心的笑声。

白老师走过来叫醒他，问李白："这么开心，请大家去宵夜啊?"

"为什么?"李白揉了揉眼睛。

白老师问："你中了一等奖吧?"

"谁中奖了?"李白一脸的茫然。

白老师说："那你一个人偷着乐?"

大家就哈哈笑起来，尤其是丁小路，笑得大声地咳嗽起来，还砰砰地拍桌子。李清照也掩了嘴，笑眯眯地看过来。李白有点不好意思，脸上发起烧来，他正了正身子，装做认真状，虽然课室里有空调，但他还是出汗了。

下课后，李白走得快，他看见贺兰被一辆摩托接走了。丁小路望了望她远去的背影，惆怅地走上另一条路，也被黑暗吞没了。李白看见李

清照也被一辆小车接走了，他心里空空荡荡的，低着头走在回家的路上。

这段时间，他经常走在这条路上，熟悉的景色让他困意频生，连路灯看上去都有点晕乎乎的。李白身上开始冒汗了，他抬头望前面的路时，目光扫过对面的马路。

对面马路边站着一个女人，穿黑色的纱衣，手里拎了一个小手袋，看上去摇曳生姿，线条曲线毕现啊。李白的眼睛马上被那团黑色的火焰灼了一下。那团火焰有点羞涩，迎着他烧了过来。李白想到了向日葵，开放在黑夜里的向日葵。不过他有点糊涂，谁向着谁转啊？他的脚步不由得停顿了一秒，打了个趔趄，身上的汗糊了上来。

李白感到空气变得稀薄，他像浮出水面的鱼一样张大嘴呼吸。

那个女人越过马路，慢慢地斜插过来。李白突然想起自己和杨小薇荒废了的"功课"，他的脸烧了起来，浩荡的血冲上了头顶，他的眼睛发烫，一刹那间似乎失明了，眼前升起一片温暖的水雾。他感到难受，眼睛里像有什么东西咯着，他一闭眼前面就黑了。

那个女人擦身而过："先生不认识啦？"她带出这么一句话。

她的轻声细语给夜色平添了一种妩媚。李白听她这么说，思路似乎就顺着她的提示去了，想想是觉得有点面熟，但他一时无从想起在哪里见过，当然更无力做出回答，但脚步迟疑起来了，走得拖泥带水的。后来他一犹豫，那个女人跟了上来，问他想去哪里？李白回答得模棱两可，支吾着指了指前面的一家咖啡馆。

一路上，李白的心跳声压过了经过的汽车马达声，他在鼓声中漂浮着。那个女人很主动，说自己来这里两年了。李白没有吱声，他在想面前这个有点面熟的女人是谁。真的太搞笑了，他似乎认识，但又记不起来，努力了几回也于事无补。

这时，女人似乎在提醒他似的，又说了一句："我见过你的，不记得啦？"

这话让李白慌张起来，他忍不住问女人，他们第一次见面是在什么地方。

那女人答得有点狡猾，她说："你好好想想。"她将皮球踢回给李白。

李白苦思冥想了一会儿也找不到答案。

"先生哪里人？"那女人又问他。

李白有点警惕起来了，便随便答说是江浙一带的。

那女人说她猜中了。

李白说过就后悔了，有点慌，怕她也说是那里的，要和他认老乡，他蛮怕那些热情地自认老乡的人。还好，那女人突然问李白："炒股票吗？"李白愣住了，他知道她干吗问起这个来，但他还没有回答，那个女人就将话题转到了股市上，她说自己是个业余股民，闲时炒炒股票，但近期的股市有点熊样，否则她可以多睡几个好觉。这番话让李白大吃一惊，心情却放松了一点。他妈的，谁不知道啊，这个经济挂帅的年代。

在咖啡馆里，李白点了杯橙汁。那个女人点了奶咖啡。她暧昧地说，男人辛苦啊，人奶比牛奶有营养。李白坐着有点拘谨，没有答话。对面的女人端起咖啡喝了一口，然后放下。李白看见她的唇印，淡淡地印在杯沿上，他看着无数道唇印不断印在杯沿上。

他对红色有点敏感的。此时见到那红色的唇印，他想起了那些印泥。白天上班的时候，他在无数的支票或纸张上，要盖上方的圆的胶的铜的公章或私章，而那些印泥都是红色的。每天，下班前，他都去洗手间，抹很多的肥皂，努力清洗粘在手上的印泥。晚上回家后，有时候，他去抚摩杨小薇的额头，她就会喊："咦，什么味道？"这一下，很快将李白的兴致打断掉。

现在，在柔和的灯光下，那个女人不停地喝着咖啡，又将一串串的话吐出来。他很少说话，只是听。后来，那个女人也许觉得自己说得太

多了，或者说累了，又或者说她突然记起了自己此行的目的。她打了几个哈欠，挺了挺紧绷绷的胸部，瞟了眼李白，妩媚地问了句："你真的不记得我啦？"这话让李白又慌了。

李白的慌是有道理的，这个女人的话，让他突然联想到一件事来。他去下面的一个支行干过，那里地处繁华的商业街，每天车水马龙的，业务量比较大，人手也紧，所以他刚去，是有些紧张的，可等他业务上手并和那里的同事混熟后，说话也就随便了，有一天，顾客不多，大家停下来闲聊。他们很神秘地问他，有没有发现这里与其他支行不同。

"山高皇帝远啊！"李白感叹了一句。

他们笑得诡秘，又问："还有呢？"

"业务量大，可品种少些。"

他们一听就笑了，说还是没有说到点子上。李白就说不出了。他们示意他注意营业大厅的门口。"不就人来人往吗？没有什么不同啊。"李白瞪大眼睛望了半天，没有发现有什么异常，他一脸的茫然不解，带着好奇又观察了好几天，还是一无所获，只好追问他们是怎么回事。

他们还是卖关子不说，让他继续观察，而且要他将注意力放在女人身上。起初，李白还有点不好意思呢。后来几经指点，他终于将几个女人纳入视线范围，他发现她们总是在营业大厅门口晃来晃去，因为这条街是商业街，来往的行人特别多，于是她们就在这条街道驻扎下来了。

每当街上有保安员过来巡逻，这几个女人就拿了红色的存折进来，趴在柜台上慢条斯理填写存款单，刚填好，又撕了，再填写，反复数次。甚至到净水器接上一杯水，坐在营业大厅的沙发上休息，十分惬意地喝着，有时甚至半躺在沙发上消磨时间。她们等门外巡逻的人一走，就将杯里的水一饮而尽，将存折揣进口袋里，又走到门口晃荡。

对这种情况，银行的保安员也拿她们没有办法。当她们走进营业大厅时，她们就是客户了，你能拿她怎么样？出去后，里面的保安员又管不着，再说呢，谁想都是多一事还不如少一事。据说曾经报过警，但派出所推说警力不足，无法顾及，于是那些"鸡"才如此放肆。

李白每当手上没有业务做，或者觉得无聊，就会观察门口的动静。他常常走神，一想就想到了武侠小说中的那些青楼，不禁就有点想入非非，将那些景象在眼前一字形排开。更有意思的是，有时他刚下班走出大门，她们就会上前拦住他问："想不想做？"开始，李白没有马上反应过来，就问："做？做什么呀？"她们对他这样的反问也不能马上反应过来，就眼定定地望着李白走掉了。等李白走远了，回过神来，就哭笑不得，说了句："我操！"

李白在那支行呆了一年。他调回管辖支行不久，就听说在那条街上营业的几家银行为此问题向派出所投诉了无数次，但问题都无法妥善解决，因为警察也不能老驻扎在那段街道里啊，几家银行只好专门就此问题，与管辖派出所开了个协调会，由银行出钱，让派出所雇请保安员，将她们赶走了。

李白和别人说起这件事："看吧，有钱能使鬼推磨。"他总会感叹起来。

这个女人不会是个曾经的"旧人"吧？李白越想越不对劲，他有点烦躁地挪动着身子。那个女人以为他想行动了，就问是到她那里，还是到他那里？她又挑逗似的挺了挺胸，她说男人还是要多喝点"奶茶"身体才棒。

李白慌张起来，摇了摇头，连忙说他突然想起还有要事在身。他高声招呼服务员过来结账。那个女人有点恼火，正想发作，李白赶紧丢给她一张百元大钞。她有点惊讶，但没说什么，赶紧拿了钞票，对了灯光察看真伪。

走在回家的路上，李白身上忽冷忽热的。回到家里，李白按亮了电灯，换好拖鞋进了客厅，丢下手中的塑料袋，他走到卧室的门口，看见杨小薇已经睡下了，她不时翻身，看来也是睡不踏实。李白赶紧进浴室冲干净身子进卧室。杨小薇好像嘟囔了一声。李白俯身抱了杨小薇，又

亲她的额头。

杨小薇被弄醒了："累死啦！"她知道他的心思，但她不愿意。

李白弄了几个来回，还是不得要领。

"你烦不烦呀？"杨小薇也烦了，死活不干。

这话说得李白身子一冷，打了个喷嚏，沮丧地挪到了一边，看着她的睡姿发呆。一会儿他想起了什么，就退回客厅，偷偷拿了几张毛片看了起来，他将声音弄到很小声。

等他打了哈欠爬上床，又想起体育奖券还没有对奖。他打起精神，找出钱包里的奖券，又拿了茶几上的那张纸，上面有杨小薇抄下的中奖号码。他的目光在两张纸片上来回移动，他的心跳或停顿，或加快几个节拍。

他想象过真的中奖的情景，听到这好消息，杨小薇会是个怎样的反应呢？会尖叫着拥抱他吗？自己呢？会大喊大叫地蹦跳起来吗？他想他那时就可以天天坐在家中看武侠了，当然也可以像那些英雄那样，身心轻松地飘游五湖四海了。

想到这里，他忍不住先暗自笑起来，将未来的快乐透支了一把。

第 5 章：演习课

大家见到李白，都说他脸色阴郁。他倒不置可否，不过他用手捂住嘴巴，啊啊地打了几个哈欠。去洗手间的时候，他看了看镜子里自己的模样。难怪，是有点熊猫眼呢。他早上刷牙洗脸的时候，也没顾上注意。

"昨晚睡街边了？"丁小路见他回来，就问他。

李白一撇嘴说："本公子是已婚人士，怎么会睡街边呢？"

他说完就笑嘻嘻地看着丁小路。丁小路的脸色有点不好看了，这结算科就剩他是还在享受未婚待遇的男士，说好听点就是晚婚晚育待遇，每年办公室通知他去领取这笔奖励的时候，大家都会调侃他。

丁小路愣了几秒："已婚人士也可能会享受未婚待遇！"他恨恨地反击。

大家被逗笑了，纷纷说这是个好说法，记住了以后找机会用用。

李白有点心不在焉，他除了自己前台的活儿，还要兼顾贺兰留下的几个统计报表。贺兰刚调去零售科干出纳。贺兰不在，丁小路就和李白搭档。人手一少，事情自然就多，李白干得有点手忙脚乱的。说实话，他对贺兰的那摊活儿，还不熟悉，看见她桌上的那叠账本，头都变大了。

他一忙完前台的那些票据，就跑到后台赶统计报表。可刚理出个头

绪来，丁小路走过来，又丢给他十张港币汇票，说客户等着解付，结汇进账后，马上又要付出去的，意思是让他加快速度。

李白只好丢下手头的报表，跑进电传室打开电脑，查看汇票的证实电报到了没有。一看还没有来，他就开了保险柜拿出印鉴，心想还是先对好印鉴吧，他从几十本印鉴本中，找出对方那家银行的印鉴本比对起来。对完印鉴，就将那几张汇票丢在桌上了，又去赶做刚才的报表。

"好了没有？"丁小路在那边喊。

李白说："证实电报还没来呢！"

"客户在催呢！"

李白说："那我也没有办法。"

"那你过来和客户说！"丁小路又喊道。

李白不情愿地走了过去。

"不是对印鉴了吗？"那个客户问道。

李白解释说："超过一千美元的汇票都要等证实电报到了才能解付。"

"以前怎么没这么麻烦呢？"

李白说："一直都是这样的啊。"

"那打个电话问问香港那边不就得了吗？"

李白说："一定要有书面电报才行的，这是程序。"

"你们的效率真低，其他行就没你们这么麻烦。"

李白被噎了一下，他本来想说，那你干吗不去别的行做，但他没有说出来，叶平凡早就此警告过他了。他最烦这样的客户，嘴上老喊某某行如何如何办事快捷，你们行如何如何不方便，老威胁说要将业务转到其他行去，但又总赖着不走。李白心想，谁好谁不好，你心里不最清楚，虚张声势有意思吗？

丁小路在前面朝他喊："你的电话。"李白冲过去接了，是一个客户的咨询电话，他问他的钱怎么还没到账。李白说已经替他做了实时支付，肯定到了，让他去对方收款行查查看，应该是对方行的原因。

那个客户喊道："他们说没到，你们就爱压票。"这话说得硬邦邦的。

"我们不压票的，见票即付。"李白解释说。

那个客户就喊起来："谁说不压？鬼才相信呀。"

"压票对我有什么好处？"李白气呼呼地辩解。

那个客户说："鬼知道啊。"就将电话挂了。

"你妈的！"李白撂电话时不禁来了句。

丁小路说："你今天忘了刷牙啊，这么嘴臭？"

李白有点脸红，意识到自己也真是的，干吗要动怒啊。他没有说什么，跑到电传室，查看了电脑，那十张汇票的证实电报来了。他赶紧调出那十份电报，打印出来，又拿了电报翻译手册翻译电文内容。

丁小路又喊了："好了没有？"

"在解付！"李白回了他一句。

他做得有点手忙脚乱，结汇的传票抄了几次都错了，他撕了好几次，后来有点火了。

丁小路又在喊了："怎么还没好啊？"

"喊什么喊！不在做了吗？"

丁小路说："人家等着呢！"

"你让他等好了。"

丁小路说："这可是你说的啊。"

李白没再搭理他，说话期间他又写错了币别，他赶紧重新再出一套传票，然后才跑去做结汇，忙了一阵子，才将一叠传票交给丁小路。

丁小路拿过那十沓进账单，一看就喊："李白你怎么搞的，写了港币的账号，不是结汇进人民币账户吗？"李白慌了，妈的，又要重来了，他跑过去拿回来重做。

丁小路嘟囔了一句："贺兰在就好了。"

"那你和人事科说说，让她调回来吧。"李白抢白他。

那个客户在柜台外喊："搞好没有？"

"就好就好。"李白走到窗口说。

他心里本来就烦，被这么一催，身上竟然冒汗了！他的脊背和脖子的汗水出来了，收紧了他的领带和衣服，他感到呼吸有点急促。他看了眼天花板上的空调口，大声骂道："他妈的，怎么停啦？"大家都望了眼天花板，是呀，空调怎么停了？滞流的空气使几乎密封的营业厅里更是闷热。李白用力揩了揩额头的汗珠，他眼一花，手上的汗珠正在膨胀变大，像气球一样。他也正在膨胀。

那个客户挥手让李白到窗口。李白揪着领带走了过去。

"还没弄好？你在耍太极吗？"那个客户质问他。

如果平常有人这样问，李白肯定会说他不爱好这项运动的，太不带劲啦，慢腾腾的折磨人。他会说自己只做"心体"运动。如果别人还不明白，他就会解释说，自己爱看武侠小说，做的是精神运动。现在李白听了这话，一时没有反应过来，就答了句："太极运动？有益身体健康啊。"

那个客户听了，就高声问李白："你什么态度？"

李白用手压住了嘴唇，很轻地"嘘"了一声，示意他不要高声喧哗。

那个客户火了："你们的科长呢？"他跳起来问。

李白说："出去了，有话我转告。"

"我要投诉你！"

李白愣住了，他没想到他这么说，虽然他一直有这样的担忧和惊恐，也想象过，如果被顾客投诉，结果会怎么样，自己会有什么样的反应。但此前的一切，只是基于他自己的想象，真实的情形到底是怎么样的，他不得而知。虽然偶尔顾客会对服务有微词，但没达到要投诉的地步，现在这个时刻终于来到了。

李白的身体慢吞吞地贴紧柜台，身上的汗水正朝下流淌，他听到了从手指尖滴落地面的"吧嗒"声。

他问那个客户看清楚了吗？

"看清楚什么了？"那个客户正急得在窗口转圈，听见他这么说，就问了一句。

李白指了指工号牌。工号牌是白底红字，佩带在黑色的行服左胸口，十分醒目。

那个客户明白过来了，对李白的挑衅怒不可遏，大声喊起来："看来你是不想干了?! 你们科长呢？行长呢？"他的唾沫溅到了防弹玻璃上。

李清照见状赶忙用眼色示意李白，但他现在是目空一切，对什么都视而不见了。

李白摆了摆头，下意识地想躲开那堆唾沫，接着他将身子一挺，双手撑住窗沿，大声骂道："你以为你是什么？上帝？呸，狗屎！"

这下炸锅了，所有听到这话的人都愣住了，不知道他脑筋犯哪门子毛病了，竟然会突然失控，还说出让人匪夷所思的话来。当然，员工听见了，心里都觉得解气，李白给他们出了一口恶气，但表面却不敢表现出来。丁小路也走过来拉他，可李白将他的手甩开了。

那个客户跳起来："你出来，出来呀！"他愤怒地喊叫。

他让李白出去，他要单打独斗。门口的保安员过来劝架，那个客户更来劲了，他知道闹下去对自己没有坏处，他和保安员拉扯着，好像他是与保安员吵架，还质问李白是不是不想干了。

李白冷笑了一声，不发一言，他看着外面，看着一头被激怒的狮子，他张牙舞爪，却无法撕破那层玻璃围墙。李白满脸涨红，但又无动于衷，后来他慢慢走到净水器前，倒了一杯水，回来后放进了窗口。

"先生，喝杯水润润嗓子，再说吧！"

李白说得淡淡的，就跟那杯水一样没有味道。

那头狮子没有喝水，而是将头转向周围喊："看见了吧，你们看见了吧？"他的嗓子变得嘶哑，但招揽目光，然后他挣脱保安员的手，叫喊着冲进行长室，他让李白走着瞧。

李白一下软在椅子上，他抓起桌面上的茶杯，但没有了茶水。李清照走过去，从丁小路台面拿过那沓传票，她打算重做。

"他有毛病啊？"丁小路小声问。

李清照说："你也有毛病，催什么，不都在赶了吗？都没闲着。"

"你帮着他干嘛？"丁小路有点吃醋了。

李清照说："我是以事论事。"

突然有风了，凉嗖嗖的，看来空调又开始转动了。李白感到口渴，身上发冷，连骨头缝里都疼痛，可能刚才流汗多了，现在皮肤上像贴了一层冰冷的霜。他不想喝冷开水，他摸那桌面上的水杯，这个水杯原来是一个雀巢咖啡罐，外面织了一层隔热护手用的漂亮塑料通花。他去后面的开水房打了一杯开水回来，这才感到手上有了暖意。

李白将手中的水杯从左手换到右手，他想交替感受传递过来的暖意。经过零售科柜台贺兰身后，李白看了她一眼，从背后看去，贺兰的身子挺丰腴的。李白不知道丁小路为什么这么多年了还对她念念不忘，她都已经有一个小孩了。

"打劫！"

李白突然听见有人喊了一声，是通过外面的小型扩音器传进来的，声音沙哑低沉而恐怖。李白心里一震，手上的水杯差点掉地上了。他转念一想，可能是谁在开玩笑吧？他马上望了一眼外面，此时外面只有一个顾客，正一脸紧张地瞪着他和贺兰。

当然，李白后来才注意到柜台窗口晃动的手枪。旁边的窗口已经没有顾客，而大门口的保安员，笑容灿烂地向一个漂亮的小姐献殷勤，他站在门口的提款机前，为她做示范操作。

李白钉在原地了，这时他的脑子里只有两个字，那就是"快跑"！

但人还是钉在那里。可能是几秒钟过去了吧，他听见贺兰问他的声音："有，有，大额的，大额的大钞吗？"

他听过贺兰美妙的歌声，她常在行里举办的联欢会上露两手，将《夫妻双双把家还》唱得余音缭绕，荡气回肠，现在却变得结结巴巴，声音不但发抖，还充满了恐惧。她的周围除了李白，就没有其他同事了，他们大概是上厕所了。

她一个人孤零零地坐着，肩膀在发抖，只有李白还站在她的后面。

"没、有、没、没有大钞。"

李白愣了几秒，说话也跟贺兰一样结巴起来。

"快点给我钱！"外面的那个家伙又喝起来。

李白下意识看了眼贺兰的钱箱，里面不是有大钞吗？他看到几捆大钞，也就是扎成捆的百元大钞，就躺在里面睡觉呢。他心里突然想，给了不就结束了吗？外面的劫匪又挥了挥手枪，压低声音威胁说："再磨蹭就不客气啦！"

贺兰"呀"的喊了声，赶紧将眼睛闭上，呜呜地哭了。

外面的劫匪又喊了："快点！快点给钱！"还晃动手中的手枪。他见贺兰已经无法按照他的要求做了，就对李白一摆枪口，示意说："你，快点！"让他过来拿钱。

"快点，否则一枪毙了你！"那劫匪对李白喊道。

李白这才发现好像哪儿不对劲，这个劫匪竟然没有蒙脸！而且眼睛里还有一丝古怪的笑意，看来是个老练的家伙，要不怎么那么镇定呢？李白看过许多警匪片，这个劫匪胆大妄为的表现，他似乎在哪部片子里见过，但一时又想不起来。

空气变得闷热起来，闷热又像一张毯子将李白包裹起来。李白想推开它，但显得力不从心，他身上呼呼地冒汗，空调不知道什么时候又停了。

"快点，否则就毙掉你！"

见李白钉在那里没动，外面的话又传了进来，在闷热的空气中爆炸

了，冲击波掀动着李白的耳膜。李白先是感到恐惧、困惑，但继而又感到愤怒，他头上着火了，他听到了头发烧着的嗤嗤声。我操！谁都可以在我面前趾高气扬！李白一边想一边走到贺兰身边，左手从钱箱里抓起一捆"钱砖"，应该是十万元整，然后赌气似的将钱砖丢到柜台上取款的窗口。他真想骂贺兰，这不就结了吗?！真蠢！给了又没损失，届时去保险公司理赔就行了。

窗口晃动的手枪突然蔫了下来。那个劫匪对李白的举动，好像不知所措，或者说他无法理解，他呆呆地瞪大眼睛，并没有马上伸手去拿那捆钞票。他愣了几秒吧，手枪才又晃动起来，他喊："快点，再拿！"其实就那捆，即使他想拿出去，也是要费点工夫的，窗口太小啦。

李白听说还要，突然笑了一下。对这个要求，他真的感到好笑。这个古怪的一笑，让外面的劫匪感到困惑，他看着李白又走上前问，"还要呀？"李白的脸上一本正经。

"啊？是呀，快点拿！"那个劫匪愣了一下。

李白笑了笑，一言不发地突然举起手中的水杯，呼地砸在窗口晃动的手枪上。玻璃杯碎裂的声音是沉闷的，但一声惨叫却是惊心动魄的。李白失去手中的水杯后，又抄起贺兰桌面上的计算器砸了下去，顿时碎片四处飞溅，李白的咆哮也四处飞溅："妈的！这么多还不够？拿呀！王八蛋！"

那个劫匪飞快地逃出了银行的大门。

李白望着那逃窜的背影在门口消失了，他眼睁睁地都忘了喊快抓住他呀。那个保安员正转过脸来，一脸的茫然，看样子还没有反应过来，他正在四处寻找刚才发出的喊叫声。

贺兰的哭声突然放大起来……呜……呜……呜，李白则全身发抖，虚弱得快要倒地。这时人们开始明白发生了什么，乱哄哄地动起来，有人打110电话报警，有人跑去保卫科。

不一会儿，就看见唐大钟进来，大家松了一口气，心想这下好了，让专业人士来解决吧。不过奇怪，唐大钟的脸上笑容灿烂，并没有一丝惊慌的神色。唐大钟是退伍军人嘛，再说临阵不慌乱也是保卫干部应该具备的品格；当然还有另一种可能，那就是他刚从外面回来，还不知道刚才发生的事情。大家这样想着，等着他做善后工作。

贺兰还在呜呜地哭，肩膀一耸一耸地发抖，几个女同事正在安慰她，说事情过去了，没事了，人没伤着就是最好的事。丁小路也走了过来安慰她。

唐大钟走过去："表现很好！不要慌张，这是演习。"他拍拍她的肩膀说。

大家一听："什么？演习?!"都大声喊起来。

于是大家愤怒地责问他们，保卫科干吗不预先通知。

唐大钟挥挥手，将大家的声音压了下去，大声说："这是为了演习效果逼真。"他说得轻描淡写的，他说保卫处为此准备了很长的时间，看来效果还不错，但不完满，总结一下，看还有哪些可以改善的地方。

李白听了这话，顿时目瞪口呆。

唐大钟挥了挥手中的本子说："继续营业吧。"经过李白的跟前，就教训了他几句，说："怎么能给一大捆呢？还砸他的手枪，走火伤了人怎么办？上次演练还自以为不错呢，一来真的就犯糊涂了！"临走，还拍拍李白的肩膀，哈哈大笑着说："真看不出哟，一介书生，出手还挺狠的嘛！"

李白坐在椅子上，感到一股寒气游走在骨髓里，绕来绕去，他疼了，还打了几个哆嗦。看着唐大钟的背影，他咬牙切齿地骂了句："王八蛋！"他想刚才要是有一把刀在手就好了，说不定可以将那只手剁下来。李白用力将手掌"咚"地拍在办公桌上。

大家正在议论纷纷，被他吓了一跳，听见他骂人，但不知道他骂谁，大家还在议论刚才发生的事，说差点闹出人命来啦。

第6章：蜜蜂的浪漫

　　李白本来不想参加这次郊游活动的。他早就说好，周末要在家里陪杨小薇。对这个问题，杨小薇另有看法，也多次发表了自己对这类事情的看法。她说我们晚上都睡在一起了，接触时间够多的了，她希望李白与同事打成一片，更要和领导多接触，说这样对他有好处，对他的前途有好处。"这对你的职业生涯很重要！"她捏了捏他的耳朵，总结道。

　　她启发过李白，说周末你就不能干点有意义的事吗？

　　"在家里陪夫人不是挺有意义的吗？"

　　杨小薇说："算了吧，还不是捧着你的武侠小说做白日梦？"

　　李白知道再争论下去就过不好周末了。李白只好想想看，还有什么是有意义的事，后来他想到了，说周末科里有个活动，不知道算不算有意义的事。杨小薇说，那你干吗还想呆在家里呢？没脑筋！杨小薇启发他，同事与那些英雄，谁值得打交道呀？李白本来想说，自己与同事天天呆一起，都腻烦了，可他只是想了想，终于没说出口。算了吧，连李清照都说要去，那就去吧！

　　对这次郊游，其实大家谈论了很多次，说要好好搓一顿，名堂早就想好了，美其名曰送旧迎新。李清照来结算科，贺兰调出结算科，大家一直都忙乱，还没有来得及搞欢迎欢送呢；二来嘛，也给贺兰压压惊，表示一下战友的情谊。丁小路每每说起那件事，都挺来劲的，他特别强调说，也应该给李白压压惊。李白一听这话，总是没好气地白他一眼。

他们去了水库公园，这是个郊游的好去处。大家玩得挺开心的，放了风筝，游了泳。丁小路除外，他没有下水，本来去之前他挺高兴的，一路上喊着要做贺兰的游泳教练，但后来叶平凡告诉他，上周的考试他又挂红灯笼了，丁小路的脸色便晴转阴了。

李白的脸色一直就是阴的，他上次与客户吵架的事，已经被通报批评了，扣一个季度奖金，妈的，五千元没了！据说这样的处罚是轻的，还考虑了李白在演习中的英勇表现。

晚上聚餐会上，丁小路显然喝多了，他脸色发红，快成了红烧猪头。他张牙舞爪，捏了个酒杯四处走动，高声胡说八道，树立对手，一副自动邀醉的劲头。他举了酒杯，绕到贺兰跟前，说要和她干了。他说贺兰一定要喝得见杯底，就为了他这么多年对她的那份情。

大家听了就啊啊地起哄，说想不到啊，我们内部还有潜伏得这么深的特务分子。

贺兰当然高兴："干吗不早说呢？"她真的就干了那杯红酒，还红着脸。

大家起哄："现在也不晚的！加油努力！"

"丁小路，你这话是真的还是假的呀？"李白笑了笑。

贺兰赶紧抢白说："不管真假，我都一样开心！"她的脸上开满了鲜花。

李白被她的天真可爱逗得拍起了巴掌，丁小路更是一扫白天的不快，和其他人斗起酒来。慢慢地，他的嘴巴说话就不利落了，丁小路说："来来来，话少酒多。"最后干脆就不说了，直接走到某人面前，抓了杯子，"咚"地钉在桌子上，抖着手将杯子斟满，端起示意，一饮而尽，再将杯口倒转。酒风好的，自然将这套路复制；酒风不好的，就要推来推去，实在没办法了，才干。大家都夸丁小路斗志昂扬，他也有点飘起来了。

后来，丁小路和贺兰都喝高了，来了兴趣，就玩起了"两只小蜜蜂，飞呀飞"的游戏。

丁小路来一句："两只小蜜蜂呀，飞呀飞，你一口呀，她一口！"

贺兰和他对拍手掌，她噘起嘴巴，隔着空气，近距离给丁小路亲了两个响亮的嘴巴，"叭叭"两声，清脆响亮。

丁小路做出陶醉样，眯了眼睛，用手摸了摸脸颊。

大家轰地大笑起来，扯着嗓子喊："好啊好啊，再来再来！"又将巴掌拍得"叭叭"乱响。

贺兰的脸更红了，心花怒放；丁小路来劲了，端起一杯白的干了。

贺兰又唱："两只小蜜蜂呀，飞呀飞呀，你一下来他一下！"

她和丁小路对拍了一下手掌，隔着空气，她对着丁小路的脸颊，挥手给了两个"耳光"，嘴巴叫着"叭叭"响。

丁小路跟了贺兰的动作，做挨揍状，他偏了偏脸，脑袋也一摇一摆的，咧了嘴巴，露出吃惊和疼痛的样子。

贺兰输了，就笑嘻嘻地端起酒杯，仰头咕咚就喝了个杯底朝天。

李白的心情也好了起来。他说："丁小路今晚最幸福，未婚人士享受了已婚人士的待遇。"

丁小路听了这话也没有不高兴："当然，贺兰也是幸福的嘛，已婚人士享受了未婚人士的待遇。"他笑哈哈地点头说道。

贺兰也没有不高兴，也笑得身体摇曳生姿。

唱卡拉OK时，丁小路专门选了费翔的歌《故乡的云》，但将歌词改了。他冲着麦克风狂喊："贺兰呀！贺兰呀！回来吧，回来吧，我的爱人！"他还冲下舞台，冲到贺兰的跟前，伸出了双手，想搂住贺兰。这动作搞得贺兰很不好意思，直躲闪他。

众人起哄了，都喊着要来一段合唱。丁小路当然热烈响应，贺兰也就半推半就，被他拉上了舞台，合唱了《夫妻双双把家还》。他们一来一回几个回合，将气氛推到了高潮。大家的轰笑声，将整个房顶都快掀掉了。

当然相比之下，李白没喝多少酒，也就显得话少，笑声多。在灯光下，他脸色苍白地和大伙哄闹取笑。李清照就拿这与他开玩笑，问他昨晚干吗了？她一连几天见李白无精打采，百思不得其解，后来才知道是为那桩流传甚广的"演习事件"。

"晒月光去啦。"李白勉强做了个鬼脸。

丁小路听见了，就高声地喊了句："还是我们李白浪漫嘛。"

他端了酒杯走过来："我们是不是战友？"还搂住李白的肩膀问。

"你想干吗？"李白问他。

丁小路又问他："会武功不？"

"你干吗？"

丁小路说："想干吗？干吧！"他笑眯眯的，将李白桌面上的酒杯斟满。

李白倒也显得干脆，干了，他感到喉咙火辣辣地烧。

酒到酣时，叶平凡透露了一个信息，说是行里正准备搞自愿退休计划。一次性买断工龄，三十万封顶。大家听了便议论纷纷，说加入"世贸"后，银行业的竞争将更激烈，往后可能就不是自愿退休了，怕是要裁员了。

丁小路的脸转成了白色："妈的，要我们变回农民呀？"他喊了句。

李白说："农民也挺好的，起码有地种，城市的人种马路呀？"

"屁话，你有文凭，当然好找事做。"丁小路就喊。

李白就闭嘴了，省得丁小路又像被人踩了脚似的叫起来。其实这样的问题一讨论，就不会以喜剧收场的，大家的心情会给搅得一塌糊涂的。

此时，叶平凡也放下科长的架子："喝酒！喝酒吧！"端了酒杯和同事碰杯。

李清照悄悄问李白，如果拿了钱有什么打算。李白没就这问题搭腔，他又斟满酒杯，要和李清照碰杯。他将酒干了，将酒杯口朝天倒过

来放在桌子上，他不想喝了。

李白站起来，满脸通红，他转了个话题。他伸开手，作状向下两边压了压，示意有话要说。大家便停止起哄打闹，或端了酒杯，或停止了吃东西，瞪大眼睛，想听听他又有什么奇谈怪论。

李白说："我要是中了六合彩，哪天一定找一个最可恶的客户，找茬狠狠地跟他干一架，然后散伙回家——天天看武侠！"

大家听了他这怪论就哄笑起来，都说将李白的这番话记录在案了，以后看见李白跟客户干架，那他肯定是中大奖了，一定狠狠地宰他一顿，不是上晶都就上香格里拉，要刀刀见血，绝不手下留情。"欢迎欢迎！那时谁怕谁呀！千万别对我手下留情！"李白哈哈大笑。

叶平凡听了直摇头。

大家闹了一阵子，觉得还不过瘾，就拥到度假村的舞厅去跳舞。李白没去，李清照也没有去，他们都不会，就回房间坐了聊天。后来，李白突然拿出一副扑克牌。

"你还玩吗？"李清照问道。

李白说很少了，几乎不玩了。

他们打了"升级"，输的一方脸上贴纸胡子，他们第一次这样两个人打牌。这情景让他们都有点唏嘘的感觉。他们打牌都很安静，没有吵闹声，他们依次出着牌。打了一个小时，李白的脸上贴了五条纸胡子；李清照的脸上贴了十条纸胡子，他们看对方时，就会相视大笑，脸上的胡子便在笑声中脱落。

后来，丁小路推门进来，他走路摇摇晃晃的，他对着他们喊："哈，怎么搞的？又是'唐诗对宋词'啊，也太没有集体观念啦。走走，跳舞去！"李清照推说自己不会跳。丁小路说："不会？我做教练。"李清照说真的不会。

丁小路说："看在这么多年战友的面子上，去吧。"

"不会就是不会嘛，怎么强人所难呢？"李清照有点不高兴了。

丁小路恳求道："给点面子吧。"他说做同事都有一把年纪了，还没有和李清照跳过舞呢。他甚至对李白说，帮帮师傅的忙吧。他瞪着通红的两眼，哼哼哈哈地反复游说，赖在房间不走了。李白见牌局被搅了，呆在房间也挺没意思的，就说还是去吧。

丁小路一进舞厅就被音乐点燃，他拉了李清照扭起来。李清照只好跟着舞，看样子真的不会，舞姿有点张牙舞爪。李白真想笑，他没想到她的舞姿是如此的难看，就坐在舞池边的椅子上看别人跳。

舞曲转为慢三，丁小路有点急迫地搂住李清照的腰。看来李清照有点反感，因为她躲闪了几下，当然最后还是被他搂住了。丁小路很亲密地将嘴凑到李清照的耳朵边说什么。李清照则将头转过来，又转过去。李白后来就想笑了，他刚才看见丁小路吃了不少的蒜头。

又跳了几个曲子，期间，丁小路不时弯下腰去。李白没见过这样的舞姿，丁小路的动作有点走形了。丁小路抬起头来，李白看见他的眉头皱成了一把。再后来，他竟然放开了李清照，一瘸一瘸地走出舞池，坐在椅子上。

李白看见李清照出了舞厅的门。后来，李白看见贺兰走到丁小路的椅子旁边，她也脚步跟跄，看来也是喝高了，他们交头接耳一番后，贺兰拉着丁小路又进了舞池。

李白坐了片刻，也溜出了舞厅，他回到宾馆的房间，敲了敲李清照的门。她开门时有点脸红。

"怎么跳了一会儿就走了？"李白问她。

李清照脸上露出坏笑来，说："有点不好意思。"

"不好意思？"李白故作惊讶状。

李清照晃了晃脚上的高跟鞋，说："受力面积太小了。"

李白明白她的意思了，难怪丁小路脸上老露出痛苦样。

"不怕他记仇？"李白笑了。

李清照撇了撇嘴没说什么。

站着聊了一会儿，李白看着李清照红润的脸："来一曲吧？"他突然有点冲动。

"我们？两个舞盲呀？"李清照一愣。

李白说："唐诗对宋词。"

李清照笑了起来，说："有点意思。"

李清照不好意思地瞥了眼房门。李白会意，走过去将门闩推上，然后他们身体贴在一起，互相躲闪着对方的眼睛。手放在哪里好呢？他们摆弄了好一会儿，才解决掉这个问题。由于身体的碰撞，双方的呼吸变得忽而飘忽又忽而清晰、忽而急促又忽而消失，他们嗅到了空气中酒精的香味。李白还是有点慌乱，有点激动的，他和她从没有如此接近过。

李清照突然踩了他的脚，李白打了一个趔趄，倒向墙壁。李清照也没站稳，被拉了过去，靠在他的身上。李白最后压住李清照。他们没有分开，紧紧地贴在了一起。李白感到下面春潮澎湃，春水泛滥，他感到李清照应该也是这样的。他们呼吸急促，互相挤压着对方的身体，他们感到了对方洪水呼啸决堤的颤抖。

等他们感到疲倦袭来，两人分开了，脸当然是红的，李清照的脸灿若桃花。他们整理好了衣服，李白有点尴尬，不好意思地对李清照一笑。

过了片刻，他又问她有没有兴趣去钓鱼，李清照问："现在？"李白点点头。李清照就拍拍巴掌说："好啊好啊。"李白说他回房间拿钓竿。李清照就在房间等。李白的心情很好，走路也轻快，脚步飘了起来。

经过丁小路的房间，李白听见了丁小路和贺兰的笑声。他有点奇怪，他们两个是行里的舞林高手，怎么这么快就回来了呢？李白不禁放慢了脚步走过去。

贺兰和丁小路又在玩"两只小蜜蜂"的游戏。房间里面响起"叭叭"的亲嘴和打耳光的声音。李白不知道他们来真的还是来假的。后来，贺兰又说起了那次"演习事件"。

贺兰说她真的吓坏了，现在还留下了后遗症，就是心跳加速。

"不信不信，都事过境迁了嘛。"丁小路连声说。

贺兰问："那你在酒桌上说的话也是过去时吗?"

"我存的是无限期定期存款，不知道这收益如何啊?"丁小路语气坚决。

贺兰说："那人家的话你又不信。"

"有这么严重吗?"

贺兰撒娇说："那你摸摸。"

丁小路激动得声音发抖："你说真的?"他后来声音小了下去。

李白赶紧离开回房，他察看了一下春水泛滥决堤留下的痕迹。他幸福的笑容出现在镜子里，让自己都不好意思面对了，他稍做善后，拿了钓竿出门，叫上李清照来到了水库的岸边。

周围寂静，但有虫子的鸣叫声。李白找了处可坐的地方，让李清照坐在旁边。他给上好鱼饵后，抛进水里，就安静地等待起来。李清照一边和他说话，一边嗑着瓜子，长发在晚风的吹拂下飞扬起来。李白转头看见，她的脸隐闪在黑发丛中，他心中又泛起一股甜蜜。

她笑着问李白："这真能钓着鱼吗?"

"视乎心态，胸中有鱼，就能钓着。"

李清照吐掉一片瓜子皮："说得玄乎，武侠里写的吗?"

她将瓜子袋递过去。李白摇了摇头，说自己的手脏。李清照嗑好一个瓜子，塞进李白的嘴里。李白一时激动，连水库的水面也跟着晃动起来了。

突然，李白双手握紧钓竿猛地一拉，钓竿都弯了，可能是一条大鱼。李白让李清照帮忙稳住钓竿，他用捞网捞，结果拉上来的却是一只破鞋。李清照嘻嘻地笑起来，李白说："心中有鱼便有鱼嘛。"

第7章：钱味

最近一段时间，李白发觉自己的嗅觉异常灵敏，一走进营业大厅内，就嗅到一股怪味，那是混杂着油墨的臭味、汗水和纸质沤烂酸腐的气味，搞得他老恶心，还老打喷嚏。刚出现这问题，李白也没怎么在意，以为不过是鼻子的问题，便抽空到医院的五官科求诊，结果无功而返。想不到变得严重起来了，他是渐渐感觉到这变化的。干活累了，李白会来个伸展运动，猛地做个深呼吸，没想到一吸气，那股怪味就直涌心窝，搅得他五脏六腑都闹起来，还想呕吐。

李白对这种情况有点惊怵，他也想像那些武侠小说里的高手那样，遇事便努力做到心平气和，希望这能减轻那种不适的反应。可没有作用呀，那股怪味飘浮在空气中，若有若无，令他无法躲闪。他一上班，就要浸淫其中，可医生又说没事，给的药也不起作用。这样一来李白渐渐变得有点神经质，一进银行的营业大厅，人就会变得恍惚起来。

李白观察过四周，除了空气不好外，他无法将自己的病因与周围的环境扯上关系。

整个营业大厅也就有两个科室：结算科和零售科。结算科有前门可进，零售科有后门可进，两个科室是相连通的。无论从哪个门进去，外面的人都要先进入第一道门，一按门铃，里面的人确认来人的身份后，按动电子锁打开第一道门。然后，进来的人再自己按第二道门（"二道门")的密码锁进来。

当然，如果非营业大厅内的人员出入，则第二道门也得由里面的人员帮忙打开。门锁门铃每天被按得吱吱乱叫，李白偶尔想到老鼠的叫声，心烦得反胃起来。

丁小路坐在靠近门的那边，老要扭头朝门的方向张望，确定来人的身份，然后按开门锁让人进来。仔细观察一下，丁小路的头已经习惯性地向左偏了。李白也将门锁按得吱吱乱叫，每天进出往返其他科室送传票或者去对账，不断重复地将自己锁进这个几乎密封的玻璃盒子里。

今天，李白又请假去了一趟医院做检查，结果还是让他失望而回。医生的诊断结果是鼻子没发生病变的迹象，只推断可能是过敏。李白揉着自己的鼻子问："那过敏源呢？"医生没有明确的答复，说可能是天气吧。

从医院回来后，李白进了结算科，他先去电报室，在里面换好行服，打好了领带，出来就开始干活。他看看手表，是下午的3点钟了。上午下班前，他就和叶平凡说好，他先去一趟医院。刚才去医院看病花了一个小时，李白边干活边说他突然有个新构思。

李清照表示感兴趣，问是关于哪方面的？

"是鬼还是怪，又或者是神？"丁小路撇撇嘴。

李白说："都不是，是关系到我们的自身利益。"

大家听见他这句话，都瞪大眼睛，纷纷让他说说看是什么。

"是新的银行营业大厅建筑方案。"

李白问道："将营业大厅建在阳光下，怎么样？"

大家异口同声说："当然好啦，亲近大自然嘛。"大家的脸上马上显出一片向往神色。

李白就有点得意洋洋，将构思中的未来的营业大厅做了一番描述：将营业厅建成一个巨大的玻璃房子，有足够的空间，里面有温控装置，再种上各种植物，大家在里面办公，上班时可以看见外面的风景，干活

时心情自然会愉快，当然效率也会提高。说完后，他征求大家对这个建筑方案的意见，"你们说这方案怎么样？"

丁小路的嘴角泛起一丝嘲笑。

"你说说看嘛？"李白以为他有什么高见。

丁小路却说："李白你不是给憋出病来了吧？可以向行里索取精神赔偿费了。"

"你这人真没趣！"李白回击他。

李清照说："建议好是好，但难实现啊。"

"说难不难，说易不易。"丁小路又搭腔了。

其他同事就让他说说是什么意思。

"这需要李白奋发图强。"

李白问："此话怎讲？"

"等李白做了总行行长，这还不小菜一碟吗？"丁小路解释说。

这话说得其他人哈哈笑了起来，让李白有点尴尬。

丁小路却不笑了，将一沓传票丢给李白，说是会计科让给补盖私章或转讫章的。李白抓过来，砰砰地敲上了章，补好亲自送回会计科，再转回来。他没有马上进营业大厅，而是摸出口袋里的存折，到大门口的提款机拿了点钱，今天刚发了工资嘛，他要取些零花钱。

李白抬头朝营业大厅张望时，却有了个惊人的发现：整个营业大厅，装修得多像是个巨大的玻璃鱼缸！当然里面游弋的，就是李白这些大鱼小鱼了。李白每天在这个巨大的鱼缸里游弋，他所有的幻想都无法飞越那道厚厚的防弹玻璃。有时他会突然听到思想撞击玻璃时发出的声音，也会感受到一种淤血后的隐痛，但他认为那是自己的一种幻觉而已。

此时，他奇怪自己怎么从前没有发觉这秘密呢？难道自己突然开了天眼不成？他若有所思地往回走。

李白回到座位，又数数刚提的钞票。

"多少呀？"丁小路问他。

李白说："和以前一样。"

后来，他将存折锁好，突然想到一个问题。

"要是有一千万，你会干什么？"李白问李清照。

他问得一本正经，根本没有意识到自己问了个愚蠢的问题。

丁小路笑他说："你很有幽默感啊！"

"你会干什么？"李白认真地问他。

丁小路懒得答他，李白就问其余的人。大伙的回答总结起来，无非是用这笔钱去吃喝玩乐，只是没有人敢说嫖和赌，大家清楚干银行的都忌讳这两样。李白见丁小路还是没有说，便有点不依不饶地追问他对这个问题怎么看。

"干什么？用来干掉你！干掉你这个空想家！"

丁小路说得咬牙切齿，眼睛里充满了仇恨，你可以说他是对金钱，也可以说他是对李白提的这个问题。说过之后，他瞪着直发愣的李白，哈哈大笑起来。一想到自己与李白同工不同酬，丁小路当然也有愤怒的理由。丁小路是个合同工，每天干的活，和李白他们一样多，甚至更多，但工资就少了一大截，他心里自然憋了一肚子的气。这个时候，他当然要借机发泄一番了。

李白明白过来后就有些愕然。

李清照说："丁小路，你怎么说话这么恶毒呀？"

丁小路还在笑着。

李白对他的回答十分不满："真没劲！有理想有什么不好？"他打了个喷嚏说。

丁小路没听清楚，他抹了眼角的眼泪，问李白说谁没劲。

"除了你还有谁？"

丁小路听了李白的话，就跳起来。正好这时贺兰和几个零售科的出纳员，推了一辆手推车过来，上面码了十个沉甸甸的钱箱，他们要将这

些钱箱推出门口去装上押钞车，贺兰冲丁小路笑笑。

丁小路指着那些钱箱问李白："就你有理想呀？你以为这些钱在往你家里搬吗？你在大白天梦游呀？"

大家一听轰地哇哇怪叫起来。

这时，叶平凡正在里屋接电话，听见外面的动静，就冲了出来，以为出什么事了，弄明白后就有点不高兴了，将脸拉下了，"大会小会都讲过了，上班时间不要闲聊！你们以为是在家里吗？"他用手指着头顶上的几支监视器的摄像头。他说你们不要太放肆了，上面还有几双眼睛盯着你们呢！

大家一听，都慌了。刚才一激动，都忘记了，这监控镜头下所有的活动，都会在楼上行长和保卫科的监视器屏幕里直播的。大家赶紧收住了笑声，马上各就各位，忙手上的事儿去。

李白还嘴硬："有什么是不可能的？"他嘟囔着说。

丁小路将一张一百万元的支票丢给他复核，大声说："保住手中的饭碗就不错了！"

李白不吭声了，咬紧牙关，使劲地盖上私章，一用力心急，他的呼吸又急促起来，又打了好几个喷嚏。

看来今天李白的病症严重了。喷嚏是漫天飞舞，飞沫在灯光下喷溅，声音也长呼短叫的。刚开始频率较疏，一次两个，后来就是连续不断的了，大家就又拿这乱开玩笑。

"李白又被情人牵挂啦。"丁小路调侃他。

李白看了一眼李清照。她脸是红了红，很快就没事了。后来，李白打喷嚏的频率密了，将整个身子都打得抖动起来，声音也十分大，让他自己成为了同事和顾客关注的焦点。

李白一边打着猛烈的喷嚏，一边抹了眼泪，还要将传票输机。等他搞完手中的那叠，便拿传票给丁小路复核。

"你离我们远点，省得传染给我。"丁小路作状怕他。

李清照就笑了，说："真是势利小人。"

"都病了谁干活儿呀？"丁小路说。

他说的也是事实，现在是活儿多人手紧，一个人休假，其他人就会感到吃力，做起事来手忙脚乱的，频频出错，天天弄到晚上 7 点甚至 8 点钟才平账回家。搞得家务干不了，甚至还要家里的人做好晚饭，坐了等吃饭，以至于有人调侃说："一人干银行，全家跟着忙。"

李白看来是头脑发昏了，丁小路为李白送过来的传票冲了几次账，他火了，就喊："李白你还大学生呢！又没了五十元！"知道出错被罚款了，李白听了内疚不已，一说对不起，又打了七个喷嚏。

"道歉值几个钱？你有病不会看医生吗？"丁小路不接受他的道歉。

李白说："看了嘛，医生也没辙。"丁小路只好闭上嘴巴。

行里现在制定了新规章制度，错账一次就扣五元或十元。两个星期前，丁小路将一家公司的两百万元进错另一个小公司的账户，而小公司的财务却浑然不知。还是那个大公司的财务心急，不断来电话查账，说一笔香港来的款子，汇出来有两个星期了，为什么还没到账。一查才发现问题所在，有关的人都惊出了一身冷汗。要是那个小公司不怀好意，将钱拿出去用，那就出大事了，即使能追回来，也不知道要费多少周折。

当时，叶平凡狠狠地臭骂了丁小路一顿，扣了五百元奖金。当然啦，叶平凡也被行长骂了一顿，也被扣了奖金，一级压一级嘛。丁小路工资本来就不高，当然有理由表示自己的不满。他今天早上上班又忘了戴工号牌，在办公室检查时被发现，被告知要罚款，他的心情可想而知。

李清照仰起头，左右摇摆。

"天上掉钱了？"李白见了就问她。

李清照笑着说："是呀是呀，都不用干啦。"

李白勉强一笑，也努力将酸痛的脖子扭了扭，活动一下。

"小心将脖子扭断了。"丁小路说了句。

李白听了也没有答话，他对自己今天的表现当然沮丧不已。瞅了个空档，他急匆匆朝零售科那边的洗手间走去。经过零售科时，他看见后面柜台的几台点钞机在运作，单调重复地鸣叫，哗哗地吃进又吐出钞票。几个出纳员戴着口罩，将点好的钞票扎成捆，再码成一面墙或者一座小山包。他们说话声音怪异，因为戴着口罩，谈的都是一些解闷的笑话。

李白像经过一个热闹的菜市场，被弄得心烦意乱，那股怪味又在李白的鼻孔泛滥，再进入他的肺部。李白猛烈地咳嗽起来，弄得一把眼泪一把鼻涕的。

在洗手间里，李白灰头灰脑的样子映在镜子里。他掬了把水龙头的冷水洗脸，顿时一股清凉感游走于全身的神经。李白长长地吸了一口气，奇怪，那股怪味消失了，他的身心轻松地舒展开来。他整理好自己的头发，又将眼角的眼屎揩掉，贪婪地又做了几个深呼吸，然后按二道门的门锁返回。

再经过零售科，李白又连续打了几个喷嚏，那股怪味又在空气中弥漫开来，钻进他的肺部，还粘满他的皮肤，又从皮肤的毛孔钻进去，在全身的血管里游走。李白感到绝望将自己卷上了。他于是走得急匆匆的，快步走回结算科。

李白坐回自己的椅子上，打了十个喷嚏。他一边擦眼泪，一边问其他人，有没有嗅到一股怪味。他说自己快顶不住啦。

李清照说："没有什么呀，大概是空气质量差吧。"

"李白，你在干银行吗？"丁小路阴阳怪气地问他。

李清照不解地望着他说："你这不是废话吗？说话不要绕圈子。"

"什么怪味呀，不就钞票的臭味吗！把我教你的都忘了？"丁小路没好气地喊道。

大家一听就哄堂大笑起来。此时此刻李白那个窘啊，一着急就又来了一串喷嚏，要是地上有个洞，他肯定钻进去了。大家这样笑是有原因的，那个被人遗忘了的故事，又被想起了。

李白刚进银行，就去了储蓄科，现在已经改名叫零售科了。去储蓄科干，当然不是李白的意愿。在大学时，他参加过一个同学哥哥的婚宴，也参观过他的新房，虽然李白不是见钱眼开的人，但新房的布置还是让他大开眼界。从同学暧昧的话中，他隐约知道他哥哥是个信贷员，除了新婚妻子是自找的，其余的东西都是别人送的。

李白刚来行里上班，行长和他座谈，问他有什么想法，想干什么工作时，他就随口说想干信贷，那时听说谁是信贷员，周围的目光就充满了羡慕。李白当时想到了太阳与向日葵。

行长听了李白的回答，想了片刻，就笑笑说："没有存款，哪有钱放贷呢？什么事总得要先有个基础嘛，大厦不能建筑在沙地上吧。"就这么一句话，李白就去了储蓄科。

丁小路带他，做他的师傅，看他对新工作有点好奇和兴奋，上班第一天就将钱箱的钥匙丢给他，说是让他品尝一下"见钱眼开"的滋味。李白也来劲了，马上抓过钥匙开锁，掀开箱盖就将头凑了下去，他想看看钱箱里一捆一捆的钱砖。

说实话，此前，他真没见过整箱的钱。让他意想不到的是，里面冲出来那股怪味，熏得他哇哇地将吃进去的早餐，全吐了出来，眼里还泪水涟涟。丁小路见状，笑疼了肚子，也笑得泪水涟涟。他做着鬼脸问李白："怎么啦大学生，激动得哭了吧？没见过这么多钱吧？"李白赶紧去厕所做了清理工作，将自己收拾好了，才重新回来听丁小路教导。

丁小路拿起那些"钱砖"，一本正经地对李白说："这些钞票，它经过了无数双手啊，它沾满了人世间的所有味道！所以它什么味道都有！"那时印刷钞票的纸张，质量的确不是太高，人们也不爱惜，随便揉作一团，塞在口袋里，浸透了汗水什么的，这还算好的，而当这些钞票经过那些卖菜的、卖海鲜的、肉贩的手后，沤出的就更是说不出的怪味了。

现在想起来，李白还是挺佩服丁小路能说出这番话来的。虽然他不是什么科班生，却说出了这番简直充满了哲学味道的话来，说得太精辟了，大学教授也未必能说出。大学时，李白听那些经济学教授讲课，淡而无味，一点儿也不生动，听过就忘了，这么多年来，李白却记住了丁小路的这一句话。

后来，每当开启钱箱，李白都要下意识地将头偏开，脑子里努力想象春暖花开的景象。

当然，李白很快就调离了储蓄科，受折磨的日子并不长，但那件事对他刺激很强烈，败坏了他在学校时对银行怀有的美好想象。那个"李白见钱眼开"的笑话，曾一度在行里广为流传，后来才渐渐被人遗忘。经过这么多年，李白以为自己将不愉快的事忘记了，没想到又被人揭了伤疤。李白的心情糟透了。

一天下来，李白被丁小路骂了不知多少次。他没有做过统计，但心里积聚的愤怒，使他的心情就像外面的天色一样，渐渐地暗了下来。他苦苦等待着下班的铃声。当窗外的景物开始模糊，昼被收进夜的抽屉，李白的眉头紧了紧，然后松开。

他庆幸一天终于结束，虽然他为每天日子这样流逝感到痛惜，但他又庆幸上班中的琐事和苦恼，正随白天的结束而离自己远去。昼夜交替的刹那，就是李白每天紧张和放松的临界点，在那一点上，他仿佛被悬空了。

李白突然将抽屉砰地推上，说了句："妈的，老子不干了！"他说得没头没脑的。

李清照看了他一眼。

李白似乎有点兴奋，因为他用拳头"咚"地砸在桌子上，然后锁上抽屉，拎了个塑料袋离开座位，他今天不用值班输传票，也不用等平账才走人。当时大家都归心似箭，忙着结账，或者在"乒乓"地锁着抽屉，进机房换衣服准备下班，没有人去注意他的话。

第8章：梦想与愤怒

这晚，李白和杨小薇突然心血来潮，都说想打牌。他们已经很久没有打牌了，这个游戏他们已经荒废了很久，手都有点生了。他们出牌时老忘记了章法，于是边打边订规矩。李白还是发扬风格，牌风很好，对杨小薇谦让有加，所以腮帮子上咬满了夹子。杨小薇的脸上也有纪念品，是三条飘扬的纸胡子。他们打了一会儿，四目相视，笑得东倒西歪的。

杨小薇对李白的表现很满意，他不再躲在一旁看武侠小说了，陪她看电视，还一起打牌。他们好久没有这么开心了。杨小薇有时会停住手中的牌，说要是我们有足够的钱，就可以老在家里打牌了。她说话时脸上充满了向往。

"对呀，我就可以通宵看武侠小说了。"李白说道。

杨小薇听了这话，就不高兴了，说："怎么又是那堆文字垃圾。"

李白不想惹她不高兴，"出牌出牌。"他赶紧催她。

中场休息，杨小薇收拾起桌面上的扑克牌，快步上前打开电视机，说要看《第一百零一次求婚》。李白嘀咕了一句："又是肥皂剧"。他说他要放眼远眺，便站起来，离开椅子，走到窗户前，双手叉腰，将头仰起来，长长地吐出一口气，然后，再深深地吸一口气，反反复复地做。几次之后，又将双手举了起来，努力向前后弯压，"一天八小时，我的

腰都坐直了"，他喊了句话。

杨小薇瞥见他这模样，就咯咯地发笑。她发现李白最近老这样犯傻，不断地重复做这样的深呼吸运动。杨小薇原来以为他想练气功，就坚决反对，说没有教练指导，很容易走火入魔的。

李白说他哪有闲心练气功啊，我还太年轻呢！

"傻得就像一条水中缺氧的大鱼！"她是这样评价他的。

李白挺直腰，"谁都是生活这浑水中缺氧的鱼儿！"他说得一本正经。

杨小薇从沙发起来，抱住李白，她说抱住了一个埋没多年的哲学家。

"可惜可惜呀，同床共寝了这么多年！"对于杨小薇迟到的发现，李白故做失望地发出感叹。"其实呀，生活中人人都是哲学家。"李白又做了一番评论。他也有点惊讶，今天杨小薇一不小心，也成了哲学家。

他突然兴起，将杨小薇推倒在沙发上，用鼻子抵住她的肚脐眼，大口大口地吸着她浴后的体香。杨小薇被他弄得咯咯地笑得喘不过气来，两手拼命摇着，想挣脱开来，说："放手！痒死啦。"

"香喷喷！香喷喷！"

李白喊了一通后，认真地问她："我的鼻子没有问题吧？是茉莉花香吧？"

一番打闹过后，杨小薇想看的电视节目早过了。杨小薇说还是打牌吧。他们于是继续开战，打了一会"拖拉机"，然后又打起了"斗地主"的游戏，最后的结果是杨小薇大赢。李白说要借她的运气用用，他洗好牌，让杨小薇从中抽出七个号码，他说要用这几个数字来填写"六合彩"的号码。

"要是中了大奖，你想要什么？"

杨小薇说想开一间花店，自己做老板，再不受别人的气，她要每天置身于春天的美景当中。她边说边陶醉地闭上了眼睛，脸上露出幸福的笑容来。她睁开眼睛后，就跳起来，模仿起花店老板在打理花店，转了一圈后，走到李白跟前，稍稍弯下腰，笑吟吟地问："先生，买几支玫瑰吧。"李白笑着握住她的手，猛地拉入怀抱，欢呼起来："我将春天全搬回家！"她跌入他的怀抱，滚在沙发上，咯咯地大笑起来。闹得累了，杨小薇用双手吊住他的脖子，问起李白的计划。

李白说想去读读书。

杨小薇问他想读什么专业。

"学中医，最好能学催眠术。"李白说。

杨小薇对他的这个选择不解，说你有病呀？现在人人都选经济管理之类的热门课。

李白摇摇头，感叹说独木桥难走啊。

杨小薇要他说说选学催眠术的理由。

李白解释说："中医是中国的国粹，现在人们工作紧张，压力越来越大，吃不香，也睡不好，所以干什么都没劲。而催眠术则具有广大的市场潜力，谁不想解忧减压，不想吃得香、睡得好呀？"李白得意洋洋地揭开谜底，杨小薇对他的这个说法半信半疑。

李白用手抓了一张红方块，在杨小薇的眼前晃来晃去，让她数数牌上的红点，他口中还念念有词，说看着我手中的红方块，摒除杂念，然后慢慢地睡去。杨小薇果真就"咚"地倒在了沙发上。

"我们可以冬眠啦，不用干活啦！"李白很得意自己的杰作，喊起来。

杨小薇突然跳起来："不行！你瞅我睡了，你好干坏事！"

李白这下有点哭笑不得了。

他们在客厅里很孩子气地打闹，但上床后，就像猛虎出山，激情勃发，弄了几个回合依然兴致勃勃。每次李白擦汗时，将床头的那本《鹿鼎记》拍了拍，说："韦小宝也不过如此嘛。"杨小薇就狠狠地揪了他

的耳朵，"花心！"怪他在这会儿居然还有如此的一番心思做比较。

他们就这样嘻嘻哈哈地过着日子，他们终于有一个机会，寻找记忆中那些失落掉的快乐的蛛丝马迹。杨小薇告诉李白，她有一个月的假期，李白也说自己有半个月的假期。"去哪儿旅游吧？"有一次，他们停下手中的牌问对方。"累死了，哪儿也不想去！"他们的回答几乎一致。他们呆在家里，睡懒觉，看电视，打电话和朋友聊聊天。

有一天，杨小薇突然问起史红旗，说好久没见他来玩了。李白说他跳槽去了新单位肯定会很忙的，"他就给过一个电话，说很忙。"他们就这样无所事事地过了半个月。

呆在家里的日子，杨小薇有一个惊人的发现，那就是李白的懒觉越睡越有水平了。闹钟一到点，就是敲锣打鼓地闹，但李白却毫不动心，还用鼾声给它伴奏。她怀疑他的耳朵出了问题，就将闹钟拿到他的耳朵旁。李白转个身，又睡了过去，脸上还露出幸福的笑容，枕头上还有他流出的口水。

杨小薇急了，"你以为自己真的中了大奖啊？"揪住他的耳朵喊。

"我将积假也休了。"李白眼睛依然闭着。

杨小薇这才暂时放过他。每次，李白都能找到一个理由蒙混过关。但后来，许多个星期过去了，李白还是一点也没有要上班的迹象。这下她开始起疑心了，她决定找个机会好好地审问他。

杨小薇这天起得早，然后坐在客厅的沙发上发呆，后来又在不知不觉中打瞌睡。卧室里，李白的睡相依然千姿百态，呼噜打得深入浅出，快到中午才睡眼惺忪地起来，摇摇晃晃去浴室收拾自己。

杨小薇听到声响就睁开眼睛。李白哼着小调出来，见杨小薇坐在沙发上，正一脸严肃地望着他。李白有点不好意思，走过去拍拍她的肩膀说："这么早起来为国家大事操心呀？"李白想将她脸上的严肃拍掉。杨小薇一言不发，认真地审视着他。李白就将脸贴到她的脸上，要她数数上面有几颗麻子。

"严肃点！我觉得你不对劲！"杨小薇叹了一口气。

李白就仰面倒在沙发上，"我真累，真他妈的累！"

杨小薇弯下腰，心疼地抚摩他的额头，脸上荡漾着一种母性的温柔。李白很享受地闭上眼睛，"舒服"，他小声地哼了声。后来他又用双手去抱杨小薇。杨小薇反将他的手打落，让他严肃点。

"出了什么事？"李白有点慌了。

杨小薇说自己没事，是他出了什么事。

李白做了个夸张的鬼脸，背书一样背了一段广告词，说自己的身体特棒，牙没事，吃什么都香，睡觉也好。他还将嘴巴张开，露出洁白的牙齿，一左一右地转动，让杨小薇检查。

杨小薇哪有他那份闲心，她一犯急，就揪住他的耳朵，问他是不是下岗了。

李白疼得嗷嗷乱叫，疼得泪水涟涟，连声说快放手，我要翻脸啦。

杨小薇没想到自己下手重了，赶紧从茶几上的纸巾盒拿了张纸巾给他。李白用纸巾擦掉眼泪，用手捂住耳朵喊了一会疼，才将话题转入正题。他说有好消息宣布，要杨小薇猜。

升职？加薪？或者调去较轻松的二线？杨小薇一连说了好几种可能，但被李白一一加以否定。"不对，再给你几次机会。"

杨小薇烦了，说不猜了。

李白这才亮谜底，说自己真的下岗了。

杨小薇一听就气不打一处来，这么重要的事，他竟然瞒住她这么久，也不和她商量。她连声说："我就说你这段时间怎么跟有病似的呢？原来如此！"看她又要哭又要发作，李白赶紧声明性质不一样。杨小薇一边抹眼泪，一边质问他："还有什么不一样的？"李白拉了她的手做解释，行里搞自愿离休计划，实行一次性买断工龄，自己也参加了这个计划。

杨小薇收住了眼泪，"拿了多少？"有点急地问他。

李白耸起三个指头。

杨小薇说:"三万?"

李白摇摇头。

"三十万?"杨小薇问得有点紧张,她咽了咽口水。

李白还是摇头。

"三百万?"杨小薇咽了一口口水。

李白点点头。

"你是不是有病啊?"杨小薇走过去摸摸他的头。

李白说昨晚睡眠良好,一夜无梦。

杨小薇听了,马上转哭为笑,抱住他"哇哇"地欢呼起来。开始,李白一动不动,颇有大将风度,但一脸的坏笑,任她穷闹开心。闹够了,杨小薇就问他:"打算怎么庆祝?"李白挣开她的手后,就放开嗓子狂笑起来,他倒在沙发上,抱住肚子打滚。

杨小薇刚开始也跟着他笑,后来就觉得不对劲了,她又揪住李白的耳朵,让他说实话,是不是又在骗她。李白又疼得叫了起来,只好坦白是三十万。

杨小薇有点急了,这个数目不多不少,毕竟一辈子的事,这点钱也不够维持多久的。她说这不表明你失业了?又责怪他干嘛事前不与自己商量。李白说过了这村就没这店了,再说自己也想换换环境。杨小薇急了,说换什么换,干银行挺好的,别人想干都干不上呢。

李白嬉笑着问她,当初是不是因为他是干银行的才嫁给他的。他这时候提出这个问题,杨小薇刚想发作,想想还是算了,她叹了口气说算了,再说也晚了。李白不知道她是指婚姻还是指他失业这件事,现在再说,也为时已晚。

杨小薇针对目前的问题,做了一番评估,按照他们的积蓄,省点可以熬几年的。不过这点钱,去读书或者做生意是有点紧的,因为李白的下一步还是个未知数,而且房子的按揭也要按月续供。

对于杨小薇的这些担忧,李白似乎并不关心。他拉起杨小薇的手,说自己就关心一个"解放"的问题，他说着又仰起头，做了个深呼吸。"我都快疯了！"

李白突然跳起身子，找了件皱巴巴的便装穿上。杨小薇对他的举动莫名其妙，就问他想干吗去。李白说上班去呀。杨小薇以为他又犯糊涂了，就问他是否还没有将工作交接完。李白说这是去给夫人打工，"买菜去！"杨小薇轻轻揪了揪他的耳朵，说以为他又犯了哪门子的毛病了。

"你别老揪我的耳朵好不好？"李白咧了咧嘴说。

杨小薇赶紧放手，"以后凡事都要与我商量。"她严肃起来。

"我还敢吗？"李白用手揉了揉耳朵。

杨小薇就有点不好意思地凑过去，亲了一下他的脸颊。

李白正在换鞋子，杨小薇叫住了他。李白问她还有什么吩咐，杨小薇指了指他的脸上。李白以为脸上粘有什么，就用手抹了一把，还问她怎么啦。杨小薇说："胡子拉茬！"李白一听原来是这样，就笑说没有长长的胡子，还叫什么李白呀。他已经好长时间没有刮胡子了。以前，杨小薇见惯了他衣冠楚楚地出门上班，所以听了他这话，也笑了起来。

李白心情轻快地"咚咚"地下楼了，走了一段路后，上了去菜市场的301路汽车。他掏钱买了一张票，挤到车的尾部站好，望着窗外闪过的景物想心事。车子摇摇晃晃地启动，又或急或缓地刹住，乘客上上下下，潮水一样涌上来，又涌下去了，这些李白都没有去关心，他知道自己还没有到达目的地。

后来，李白听到有人叫买票。他开始没有在意，自己早就买过了，他以为是叫别人，他就没有将视线从窗外撤回来。这时有人拍了拍李白的肩膀。当时车子正好启动，李白也没在意，心想肯定是车子颠，某位乘客没站稳。但肩膀又被拍了拍，力量加大了。

李白有点烦了："别拍我的肩膀！"他转过头来说。

穿制服的售票员说："请买票！"还想再拍他的肩膀。

"早买过了！"李白躲闪了一下。

售票员说："请出示车票！"

车上人挤人闹哄哄的。李白不愿伸手找什么车票，他说自己上车就买了。售票员坚持要看车票，还催他快点，不要浪费时间。李白有点恼火了，他转过身才发现，此售票员非他上车时买票的那个售票员。李白心想也许是她们刚在前几站换班了。

这个女售票员四十岁左右，长脸薄嘴唇，嘴角边还有一颗黑痣，额头上泛起密密的汗珠。长脸售票员坚持要看李白的车票。

李白看了周围一眼，发觉自己置身于一群民工当中，他们身穿沾满泥水的工作服，旁若无人地用方言在说笑，可能或者刚从工地上下来，或者正要赶往某个工地。

李白心想这人是不是有病，就两块钱也非得这么认真。他想发作，但又想，多一事不如少一事。他赶紧将抓住扶手的右手换下来，左手抓住了扶手，翻动起口袋，上面便装的两个口袋找过了，没有，两侧的裤袋也找过了，也没有。后面的裤袋没有找，他没有将车票放后面裤袋的习惯。这时李白尴尬起来。

长脸售票员的眼光开始变得鄙夷起来。

李白甚至看到她嘴角泛起了一丝嘲笑，这下有点着急了。他感到浑身不自在，身子开始冒汗了，因为自己不能理直气壮。是呀，没有证据或原始凭据，怎么证实其真实性呢？这是他多年银行工作养成的一种习惯或者说价值观。

李白有点心虚了。李白说我真的上车就买了，他还说身边的人可以给他做证明。但身边的乘客只是好奇地看着他。李白扫了一眼，失望了，与他同时上车的乘客早下车了。

"票呢？还狡辩！"长脸售票员不依不饶。

李白看看她额头上的汗珠，也擦了一把自己额头上的汗。李白发誓说没买的是小狗，他一上车就买了票。他还描述了一番，当时他是怎么上车的，大概有多少人，身边的乘客穿了什么衣服，等等。

"发誓有什么用？我要票！"长脸坚持道。

李白变得不那么肯定了，小声嘟囔说可能弄丢了。

"丢什么呀，看你的样子！"长脸哼了一声。

李白看见她两片薄薄的嘴唇飞快地翻动，吐出一串串刻薄话，而她嘴角边的那颗黑痣，蠕动起来了，像要飞起来。李白想到了一只苍蝇停在嘴角的情景。

周围的人看着李白似笑非笑，目光异样。李白想到了向日葵与太阳，他身子又热了起来，感到孤立无助。他像是一尾夏天里被潮水带上沙滩后滞留的鱼，被阳光暴晒，干渴得直张嘴喘气。

李白虚弱地说："那……我就补票吧？"他想尽快结束这一切。

"哈哈哈哈！"

李白听到长脸售票员嘲讽的笑声在车厢里滚动起来。"早知道结果，何必当初呢？""看你的样子！""没钱就走路嘛！"李白身边响起了纷纷的议论声。人们这么议论他，也不奇怪的。看看李白此时的样子吧！胡子拉碴，头发蓬乱，衣服又皱皱巴巴，整个人是一副落魄的样子。

长脸售票员笑得很自信，笑得很痛快，虽然她也不过是一个普通的售票员而已。在汽车上来回颠簸，穿梭在各色人群中，呼吸着令人作呕的充满汗酸和灰尘的空气，每天就为这一块两块钱的车票喊破了嗓子。她可能也受了许多人的气，领导的、同事的、家人的、乘客的，等等，心里憋满了委屈，她也需要放松，需要发泄，她也不想自己像一个气球那样无限膨胀，最后飞上天空爆炸。谢天谢地！她终于找到一个合适的发泄对象了。

李白窘啊，他没法子不窘，脸上红一阵白一阵，身上的汗水也冷了下去，冰凉冰凉的。可李白的头脑却被大火烧灼，他突然想到一个很色情的词语"冰火两重天"，他在报纸上见过这个词。

李白的手摸向屁股上的裤袋，他想尽快摆脱目前的处境。他的手有点发抖，但他摸出了钱包，并掏出了一沓百元大钞，很厚的一沓，这沓

百元大钞是崭新的，拿在手上发出一阵咯咯的脆响，是很有力量的那种脆响，而粉红的颜色则十分的可爱，鲜艳夺目。李白一时想不起自己为什么会放这么多钱在身上。平常他很少带现金的，因为干银行的，要用钱的话随时可以取，那样还安全。这时手上的这沓东西，突然让他自信起来，他的手也慢慢不抖了，他端正了自己的态度，变得浑身是胆赳赳，还咧嘴一笑。

李白的这一连串举动，让周围的声音突然消失了。大家都瞪大眼睛，看着他怎么用百元大钞来补票。肯定有人会想，这小子真不像话，这么有钱还要逃票，现在活该了吧。车子的前半部分也是闹哄哄的，后半部分却是有点安静了，司机一点也没有发现后面有什么变故，依旧摇摇晃晃地朝前开。

李白突然举起手中的钞票，狠狠地抽打长脸售票员嘴角边的那只苍蝇，他讨厌它，他想赶走它，让它在他眼前消失。李白开始一言不发，周围也没有什么声音，后来大家才听到他的骂声："妈的，骂我没有钱？老子抽死你！是上帝抽死你！上过职业道德培训课吗？啊？我告诉你，乘客就是上帝，上帝！"

给李白愤怒的骂声作伴奏的，是钞票击打脸部发出的啪啪声。对于眼前突然发生的变故，周围的人都有点傻了，他们要么无动于衷地看热闹，要么愕然地瞪大眼睛。

那个长脸售票员被李白打傻了，她手中拿着票夹子和一叠零钞，愣愣地站在那里挨揍，回过神来后，才哇哇地边躲边哭起来。

车子在这时刹住了，又一波的乘客涌了上来，又一波乘客涌下去。李白反应过来，奋力拨开拥挤的人群，冲了下去，他走了几步，挥手拦了辆的士，对司机喊了句："去菜市场！"他还没忘记自己的任务。可等李白喘定气，就后怕了，不断叫司机开快点。

第9章：梦游一样

　　李白的春节是在澳门过的。在澳门期间，他每天都东游西逛。这里的街道本来就窄小，坡路又多，小车更是常常挤着停放，也就使它显得小气了。他一边走，一边拿国内的某个城市与之做对比。

　　李白走路的速度慢悠悠的，他想时间不能停留，自己总该可以慢点吧。当然，走的时间一久，人也会累，会感到蛮吃力的。这么几天下来，李白慢慢就有了一个笼统的体会，澳门比山城重庆漂亮，更有韵味，当然也比深圳有历史感，澳门的建筑有种淡淡的黄色调，看上去挺舒服的。

　　李白走累了，就随意找间咖啡店，或者茶餐厅，坐下歇歇。他要一杯奶茶，或者要一杯咖啡，然后呢，就坐在临窗的座位，喝着手中的咖啡，望着窗外的景物发呆。他想，要是杨小薇也一起来，肯定更有味道。但杨小薇说了，澳门有什么好玩的，小气，老旧，她和同事去了"新马泰"玩。

　　几天玩下来，李白得出了一个结论，那就是自己选择来澳门过春节的决定是多么的正确。假如呆在深圳的话，那他必定会接到许多的拜年电话，说许多恭维好听的话，或者要向亲戚或朋友同事什么的拜年，或去他们家里坐坐，又或者他们来自己家里坐坐，说不定还要接受打牌或者打麻将的邀请，诸如此类。他肯定不能安心地看几页武侠小说。

在澳门，李白谁也不理，只要他不干违法的事，自然就不会有人来管他，李白就喜欢这种自由自在的滋味。他想，武侠英雄大多是自由飘荡的人，他想像他们一样。而且在澳门没有人会说李白性格古怪，李白在这里找到了充分的理由来证明自己的这些观点。

深圳和澳门，你能说哪个城市的性格古怪呢？李白在深圳是不会做这样的比较的，因为丁小路他们都会说他偏执。

离开澳门的前一天，李白握住手中的咖啡，在心里做着如此这般的比较，他脸上露出灿烂的笑容来，和照进窗口的阳光相辉映。当然，李白也在想晚上的行程。谁要是说来过澳门而没有去葡京赌场玩一趟，就算是白来了。对这样的说法，李白是认同的。他没有一到埠就扑进葡京赌场，主要是他这人没有赌性，当然，他也想好好地对澳门做一番考察。

人们都说，澳门是个万花筒，李白就想从外围向中心走，慢慢地深入到这个陌生城市的核，看看其中是如何的精彩万分。他看过白天的澳门了，还想一睹夜妆下的赌城丰姿。

华灯初上，夜幕降临了。李白慢慢地吃掉盘中餐，用纸巾擦擦嘴角，喝了几口清水，然后，往葡京赌场的方向踱去。他选择葡京并没有什么特殊的原因，主要是它早就闻名遐迩。选择步行而去，也没有什么原因，就是想看看澳门的夜景，也有助于消化。

李白知道，澳门的治安时好时坏，看新闻报道知道的，帮派不时会为争地盘而发生火拼，但不针对普通市民，当然，他知道，坐出租车会安全些。他只在口袋揣了四百港币，所以也没有什么好担心的。

走在路上，李白对自己夜访赌场的举动有点好笑。他对赌术一窍不通，武侠小说中对赌术的描述倒是看了无数次了，但似乎从无实战的经验。而去葡京赌场，也说不上有什么特殊的意义，李白只不过将此行看做是离开澳门前，要完成的一个旅游行程而已。

吹上脸的夜风有点凉，李白身上的皮肤起了鸡皮疙瘩，但头脑特别清醒。李白打算，一输掉口袋里的四百港币，就立马离开赌场。干了那么多年的银行了，经手过的钱何止千万呢，他都能毫不动心，这点自制力他还是有的。李白边走边欣赏澳门的夜色，内心的节拍，也慢慢和这个城市的脉搏应和起来。

一踏进葡京的大门，风就消失了，风被堵在了门外，李白身上被一种暖意缠绵上了。这里真的热闹，除了衣着缤纷的游客外，还有一些妖艳的女子，她们四处游荡或静静地站在某个角落等待，她们与众不同，目光放肆，脸不改色。

他妈的，她们怎么就能显得那么理直气壮呢？而自己呢？哈哈！夹紧尾巴做人！李白边想边赶紧收回目光，生怕被蜘蛛网缠住了。对此情景，李白心里不免有点不平衡，掉头走开时就有种愤怒的情绪燃烧，身子开始热了起来。

进赌场是要搜身的。门口堵着等待进场的赌客，人潮缓慢又急躁地朝前涌动，像水中的暗流，看不清但可以感受到那股力量。李白也被裹进去了。保安摸到他右边的裤袋就叫喊了起来，问李白是否带枪了。李白愣了几秒，心里骂了句，妈的，我像这样的人吗？"钥匙包。"但李白嘴上是这么解释的。

来澳门几天了，他什么东西也没有买，就买了个真皮的钥匙包。至于给杨小薇买什么做礼物，他到此刻也没有想好。他没想到一个钥匙包也会闹出麻烦来，赶紧奋力推开身边压住他的人，掏出了钥匙包示众。那个保安见状赶紧挥手推他走，还说快快进去。李白步履不稳，跌跌撞撞的，马上被人潮裹挟着进去了。

李白身体内外的温度又升高了几度，脸上热烘烘的。虽然李白看过武侠书中或港台影视片《赌神》、《赌侠》之类的片子对赌场的描述，但真正身临其境，李白却还是显得有点不知所措，有点茫然，反倒有了想置身事外的渴望了。但人已经进来了，当然不能白来。至于要玩什么和先玩什么，这问题让李白有点费脑筋。

李白在大厅里四处游荡，观察别人玩各种花样的赌博。李白转了一圈才发现，这里的赌客，并不像他想象的那样狂躁，反倒像指挥若定的大将，出手镇定自如，有一股赢了不骄傲，输了不气馁的风度。这样高的境界，让李白自叹不如，他想自己永远都无法达到。

李白在老虎机的场子转了转，发觉这简单的玩法比较适合自己。一对一的玩法，就像他面对一本武侠小说一样。选择这样的玩法，还有另外一个原因，玩老虎机所需的金额小，也比较耐玩。

李白摸了摸口袋的钱包，思考四百元可以玩多长的时间。李白做了决定，就到换筹码的窗口换了一百元筹码，筹码装满了一个小塑料筐，捧在手上沉甸甸的。李白看着手中的东西若有所思起来，他心里有个奇怪的疑问，为什么同样是一百元，纸币轻飘飘的，面积有限；而硬币或者说这些筹码却沉甸甸的，满满的一筐，它们不是真正的钱，为什么又是等价值的呢？

李白的脑子里没有明确的答案，看来四年的金融专业白念了。李白边想边四处走动，试了几台机子，最后才选了一台角落里的玩起来。

李白给老虎机张大的口喂了一个筹码，然后拉了一下操纵杆，轮盘上的数字呀、香蕉呀等图案就滴溜溜地转起来。老虎机吞了一个筹码后，依然张大嘴巴，它无声地喊着饿啊！李白又给它喂了一个筹码，它又吞了，依然饿啊饿啊地张大嘴巴。李白就像一个勤劳的动物园饲养员，不断地给这只铁老虎投食物。李白投下饲料，然后拉操纵杆，看老虎的屁股有没有什么反应。

李白给老虎机第四次投料，它才有反应，屁股一蹶，拉下了几个金蛋，叮当叮当的声音十分好听。李白赢了十元，脸上马上洋溢着收获的喜悦。接下来他输了二十元。之后又赢了三十元。这样输输赢赢，慢慢地塑料筐里的筹码都被铁老虎吞掉了。李白这才明白，这种角子机为什么被人习惯叫做老虎机，真的很形象的，它不但吃掉猎物，甚至连骨头都不吐出来的。这样一想，李白倒吐舌头了。

李白抬腕看看手表，已经玩了一个小时的时间了。他去了一趟洗手间，他的手被筹码染得灰黑的，他讨厌这样的颜色和气味，他要将手上的晦气洗掉。他出来后，又去换了一百元筹码回来，继续战斗，结果还是输了个精光。

不过，这趟玩了两个小时时间，可见李白的技术有了一定程度的提高。当然，他也开始感到疲劳了。等他输掉第三张百元港币时，眼睛已经开始发涩了，老出现幻觉，也总走神，心情有点烦躁起来。

这时李白给老虎机喂食物，已经没有耐心了，他用手将筹码胡乱地投进虎口，眼睛却老朝旁边的机子张望，拉操纵杆也显得心不在焉。李白此时已经不在乎输赢了，他的赌性的确不大，因为夜越深，别的赌客是越发精神，他刚好相反，渐渐感到厌烦了。

事实上，李白来这儿的目的，无非是想感受一下赌场的气氛而已，他从来就没有对赌博赢钱抱什么希望。虽然他平日也买"六合彩"，也想中个大奖，但他认为这是两件不同性质的东西，"六合彩"还带有公益性质呢。你想想，要是赌博能致富的话，那谁还敢开赌场呀？

李白干银行也这么多年了，他经手过的钱，无论是现金还是非现金，无论金额大小，他看起来像是过眼的云烟，擦屁股的草纸，已经熟视无睹了。当然，刚开始见识那么多的钞票，没有一点想法是假的。"要是那些钞票是自己的多好啊！"这样想想而已的，都是好员工；既想又要将它们弄进口袋的，就都进了局子。

现在，李白感到很累了，他决定将剩下的那张百元港币当草纸。李白将换好的筹码喂一个就拉一下操纵杆，他这会儿只想赶紧将手中的饲料投放掉，他就会理所当然地脱身，安心地回旅馆睡觉。

李白时赢时输，眼看着筐里的筹码剩下九个了，他将它们都哗地投进张大的虎口。他一拉杆，心想自己终于可以回去睡觉啦。他站起身想走，还用双手扶住腰，往左右转动了一下，向后一仰头，长长地舒了一口气，就像一件事情终于完事了。

那只铁老虎却叫了起来！上面的彩灯拼命地闪烁起来，老虎下粪蛋了，屁股眼就像掘开了的泉眼，丁丁当当地拉着金蛋。四周的赌客哇哇地尖叫起来，都朝这边跑过来看热闹，闹闹哄哄的。赌场的服务员也过来了。老虎机像拉肚子似的，止也止不住，那金蛋落得越发欢了，一下一下地砸在李白的胸口，搞得他的呼吸急促起来……

李白是有点恍惚地离开澳门的。走在路上，他感到眼前的一切，似乎都那么的不真实。做个比喻吧，他是腾云驾雾般回到深圳的。他考虑到杨小薇还没有回来，就突然想回一趟老家，便跑到火车站的售票处。

此时，春运的高峰期已经过去了，火车站偌大的售票大厅，显得空旷而冷清。他轻而易举就弄到了一张卧铺票。他不想乘飞机，他有的是时间，他需要多一点的时间，来冷却一下发热的脑袋。

登上火车后，他找到自己的座位，安静地等待火车启动，慢慢地驶出了深圳市区。火车匀速地行进，"哐……"的声音响彻了昼夜的原野。李白坐在临窗的座位，看着外面匆匆闪过的景致发呆。在空旷的车厢里，李白心事浩淼，他在黑夜降临后的寂静中，掏出挂在脖子上的那把金银锁把玩，竟然无端地痛哭起来。

列车员走过来："有什么需要帮忙？"还拍拍他的肩膀问他。

李白抬起满是泪水的脸："没什么没什么。"他摇摇手回答。

李白透过朦胧的泪眼，他知道有一两个半寐的旅客，朝这边奇怪地张望。

等李白突然出现在家门口，竟然让父母始料不及地惊喜起来，因为他说过春节不回来的，这会儿见到他，自然有另一份喜悦了。呆在家里的那些日子，李白显得很低调，没有去走访亲戚什么的，终日懒散地呆在家里，吃了睡，睡了吃。李白的母亲问过他，杨小薇怎么没一起回来。李白说她和公司里的人去旅游了。

"你们也玩够啦，三十好几的人了，该做什么事自己应该明白。"

母亲一说起这个话题，就要叹气。李白不回来就是怕母亲提这个问题，他和杨小薇还没有就此事达成一致的意见呢。他母亲说："趁我身体还能为你们分忧早点办了吧？"李白始终顾左右而言他。而母亲呢，对那个问题不问又不甘心，问吧又怕李白心烦，弄得大家说话都变得小心翼翼的。再后来，李白说回去和杨小薇再商量商量，就坐上了回程的火车。

李白梦游似的回到自己家门口的时候，他没有按门铃，他想给杨小薇一个惊喜。他刚掏出钥匙在手上摆弄的当口，突然被从楼道角落里扑出来的汉子扭住了双手，还将他往地下压。

李白当时就懵了，缓过神来后，就本能地拼命挣扎。

"救命呀！救命呀！"

他喊出的声音嘹亮高亢，在走廊和住宅区的上空回荡，将他自己也吓了一跳，还引得左邻右舍都开门想看个究竟。那两个汉子赶紧亮了工作证，说他们是刑警队的。邻居立马就成了一群看热闹的人，他们议论纷纷地对李白做着评价。听说是刑警队的，李白镇定了下来。

"你们将我的手弄疼啦！"李白十分不满。

那个高个子刑警笑了，说："看来找到一个对手了。"

然后和矮个子刑警押着李白进了屋里。

李白扫了眼屋子，没有什么人气，丝毫没有杨小薇回来过的迹象。李白看见饭桌上还放着一个盒饭，他嗅到了一股馊味，他想动手收拾，无奈双手被铐着。李白看见高个子径直走进客厅，就忙喊他换拖鞋。看他们不予理睬自己的话，就有点生气，说等会儿她回来又要说我了。那两个刑警将李白撂在客厅的中央，开始分头搜查起来。

"你们放开我的手呀。"李白伸出他的手。

那两个刑警停止行动，奇怪地望着他。

"我是屋主啊，你们不放开我的手，怎么给你们倒水啊？"

那两个刑警听了这话，不禁冷笑了起来："存折放哪里？"他们揪

住他的衣领问。

李白走进卧室指了指墙角的柜子。他们翻出一看："就这么少呀？其他的存哪儿去啦？"

就皱了皱眉头问李白。

"这就是全部啦。"

矮个将存折放进了自己的口袋。

"你要干什么？那是我的存折！"李白一见就喊了起来。

高个狠狠地踢了李白一脚，说："到了局子看你还怎么狡辩？"

两人又搜了一会，就合力将李白押了出去。

"我没犯罪啊！"李白边走边挣扎，还高喊起来。

高个瞪了他一眼，说："没事我们找你干吗？"

李白突然想到了一件事，就赶紧停止呼喊。

"是我不对，是我错了，我改正。"他改口说。

矮个就笑了说："到了局子再详细交代吧。"

李白只好沮丧地跟着他们走。在路上，李白心里悔恨自己当初的鲁莽，什么事情还不是忍一时之气就海阔天空？那事他一直没敢告诉杨小薇。他现在是越想越悔，简直将肠子都悔青了。

到了公安局，在审讯室里，矮个和高个刑警好久没说话，拿眼睛盯牢他。屋子里的陈设十分简单，一张长桌子，后面是两把有靠背的椅子，高个和矮个刑警各坐一把。李白坐在他们对面，大约几米的距离。屋子里的空气仿佛滞流了一般，李白努力伸了伸脖子，他感到胸闷，他被盯得心里发毛，张了张嘴，却没有说出话来。

"你知道自己犯了什么大罪吗？"矮个刑警终于发问了。

李白感到空气开始流动了，他勾着头想哭，所以说出的话都带着哭腔。李白说得很小声，他说自己就打了她几下，他说自己可以向她赔礼道歉的。

高个刑警冷笑了一声，猛地一拍桌子，上面的茶杯也跳了起来。矮个刑警忙用手按住，严肃地哼了声，说："李白你将事态说得也太轻松了吧？人都死了，道歉有鸟用？"

李白听了这话，就像心里的大厦轰地塌了，他惊恐万分，但又极力辩解说："不可能！"

"为什么不可能？"高个刑警问他。

李白就高声喊了起来，是不可能，他说自己就打了她五六下。

"只有五六下？"矮个刑警吐了一口烟。

这话一问，让李白变得不肯定起来，事过境迁了，当时又慌乱，现在哪还记得清楚呢，他说，"可能是，十下吧，就抽在左边的脸和嘴角上。"他唯一有印象的，就是他很讨厌那只苍蝇。他说话的声音小了下去，低头呜呜地哭起来。

高个刑警又拍了一下桌子："不是什么脸上嘴上，而是在太阳穴上！"他厉声做了更正。

矮个刑警从烟盒倒出一支香烟，又用手上的烟对着，然后上前塞给李白。李白有点茫然地接过香烟，他平常并不抽烟，他只是机械地做出反应而已。

"理一理思路，将作案经过详细交代清楚！"矮个刑警坐回椅子对他说。

李白身体发抖，发冷，一直坐在椅子上没开口。后来，手上的烟头咬了他一口，他痛得跳起来。他抬头看了一眼前面，心虚地躲闪着对面射过来的目光。他看见矮个刑警用手中的香烟朝他示意了一下。李白便抬起发抖的手，将香烟塞进嘴里，吸了一口，就被呛得猛烈地咳嗽起来，眼睛充盈着泪水。

"说吧！"两个刑警同时喊了起来。

李白身体一阵颤抖，就思维混乱地说起来。"我没骂她，是她骂我没钱，所以，我火了，就打了她，打在左脸上。"李白还没有说完，就又呜呜地哭起来。

高个刑警见他这样说得颠三倒四，就火了，叫他别哭了，说："哭有什么鸟用呢，干的时候怎么就不见你害怕呢？"他说继续抵赖是没用的，还是尽快交代清楚，那样大家可以早点休息。

矮个刑警又追问李白，他的同党藏在哪里了。

李白胆怯地说自己没有同党，那件事是自己一人所为。

高个刑警冷笑了一声，对李白说，他死扛是没有用的，想保护他们是办不到的。

"那件事真的是我一人所为，不关别人的事。"李白赶紧分辩。

高个刑警拍着桌子说："你以为自己是超人吗？一个人可以干出如此惊天大案。你老婆呢？"

李白赶紧说杨小薇没有去，那件事与她无关的，她一直就呆在家里，他从未向她透露过半点风声。他看他们都怀疑地看着自己："杨小薇那天就没出过门。"他强调了这点。

"分工合作？她在家里接赃？"矮个刑警笑了笑，问李白。

高个刑警还嘲讽说："这样的分工挺不赖的嘛。"

李白解释说平常都是他去买菜做饭的。

"真有想象力，竟然想到用买菜来做掩护。"矮个刑警也忍不住笑了起来

李白小声说："家里当时是真的没菜了。"他解释说，他们平常都是一星期买一次菜的，因为大家工作都很忙，所以集中一次买够，因为挺重的，所以买菜的工作就自己挑了。

高个刑警一拍桌子，让李白不要装糊涂了，说杨小薇都已经招供了。

李白一听就喊了起来，说不关杨小薇的事，是我一个人干的，你们放了她吧。

"那三十万藏哪儿了？"矮个刑警喝了一口杯子里的水。

李白突然不出声了。两个刑警又催问了一遍，让他快说出钱藏哪

里了。

"三十万？"李白睁大眼睛。

高个刑警被问得笑了起来，说："看吧，一说起钱来，眼睛就大了。"

李白抬起铐着的手，指了指他们桌子上的存折，说都在上面了。

高个刑警拿起存折，在手上拍了拍，说他刚才所说的三十万只是个零头而已，从银行弄了一千万走，难道就只分了这点钱？鬼都不信！你可是个聪明人。他边说边摇头。

李白不明白他说什么，就问他说从银行弄了一千万走是什么意思。

矮个刑警说什么意思你清楚，你还骗老婆说那天你只从银行搞了三十万。

李白这时真有点苦笑不得了，"什么三十万呀，我是骗骗老婆玩的。"他喊了起来。

高个刑警就笑了，说想不到李白跟老婆还留一手。

李白说，什么留一手啊，他的确是不想干了，但怕她骂自己，当时他被她逼急了，便先逗逗她玩才说自己拿了三十万。

"这事你们到银行去调查一下，不就清楚了？"

两个刑警听了不明白，互相看了一眼，一同大声地喝道："还想狡辩？"李白还想说什么，这时外面有人敲门，高个刑警走到门口，外面的人凑在他的耳朵上，嘀咕了一会才离开。

李白看见那个刑警脸上有点尴尬，他走回审讯室后，对矮个刑警也如此这般地耳语了一番，就走过来，将李白手上的手铐打开，"对不起，有点误会，等会儿你老婆会过来的。"还换上笑容，和蔼地对他说。

杨小薇一见李白，就哭着问他干了什么事。

李白赶紧说是一场误会。

两人都感到疲惫不堪，彼此的身体在发抖，双脚发软，他们互相搀扶着走出来。外面的阳光十分刺眼，他们感到眼前一片发白，什么也看

不见，在台阶上站了一会，才感觉好点，走到路口，招手拦了辆的士。

杨小薇说她想吐。

"回家就没事了。"李白安慰她。

在家里呆了几天，杨小薇还是老想呕吐，但又呕不出什么来。李白怀疑是在拘留所吃的饭菜不卫生，当然他也想到有可能是受了刺激，他安慰她说，休息几天就会没事的。他跑去菜市场买了好些菜，说要给自己和她好好补偿一下。

可情况似乎没改善，还更严重了，杨小薇感到自己要将五脏六腑都呕出来了，可事实上，什么也没有，最后她实在挺不住了，李白只好陪她去了一趟医院，检查的结果让他们都有点意外。"杨小薇有啦！"医生是这么告诉他的。

李白心想，肯定是那些日子不小心种下的种子发芽了。真是有心栽花花不发，无心插柳柳成荫。连着几天，李白被这份意外的甜蜜折磨得心烦意乱。

第10章：劫案后遗症

李白这天去得早。大家一见他，都有点意外，没像以前那样跟他打哈哈，只是点点头。李白觉得挺那个的，但心想，也许是大家有较长的一段时间没见面了的缘故吧。后来，上班的人渐渐多了。李白就发现大家在交头接耳，还朝他这边张望，眼神有点暧昧。

李白也有点尴尬。他决定再来上班之前，已经思前顾后地想了好几天，才做出决定的。李白觉得被人关注，坐在自己原先的位子上，也有点不自在了。他变得坐立不安，伸手习惯性地掏出钥匙，想打开抽屉，可他发觉抽屉被撬了，他本来有点恼火的，但想想就释然了。

李白见大家不与他搭话，虽然觉得怪，觉得有点难受，但又不知道原因。

李清照进来后，对他的出现似乎也有点意外。

"去了火星？还是去了月球啊？"

李白说有点事回去了，没有指明是回老家还是自己的家。

后来，丁小路进来，看了一眼李白，没有说话，显得心事重重的。李白感到气氛有点沉闷和压抑，他想望远点，舒展一下视线。他望了眼营业大厅，然后收回目光，望了一眼隔壁零售科那边，却不见贺兰。

"心上人没来啊？"李白就开玩笑问丁小路。

丁小路突然喊："你少说一句没有人说你是哑巴！"让他闭上嘴。

李白有点没趣，脸也有点发烫，就拿起计算器打起来，他发觉自己的手指有点发硬了，他不知道是否因为这段时间没干活的缘故，还是心里有点紧张所致。李白望了眼叶平凡的办公室，门还没有开呢。

李清照进电脑房输机，李白跟了进去。

他问丁小路怎么跟吃了火药一样猛。

李清照奇怪地盯住他。

李白脸有点发烫，他问她干吗那样看他？

"春节你不在市里吗？"

李白支吾了一会儿，后来才说自己回老家了。

"还以为你装不知道呢。"

李白一脸的茫然，就问："装，装什么呀？"

李清照见他真的不知道，就将那件事情告诉他。原来春节期间，行里真的发生了一桩银行劫案。当时营业终了，贺兰正在和几个同事合力，将尾箱推到银行门口，往押钞车上装运，这时四个蒙脸劫匪冲上来，用枪制服了经警。

贺兰和几个同事以为又是演习，都想争取好的表现，便赤手空拳和劫匪搏斗起来。贺兰本能地冲上去，伸出手一抓，其中一个劫匪的脸上马上就出现几道血印，疼得他"嗷"的叫起来。

四个劫匪有点恼火，本来以为制服了押钞的经警，就没有将几个手无寸铁的银行职员放在眼里，他们原以为无须再费什么力了，剩下来的事情只是将尾箱如何搬走罢了，没想到会遇上激烈的反抗，便气急败坏地开了几枪，一枪击中了贺兰的太阳穴，当场死亡。另外几个同事则不同程度地受了伤。

李清照将事件描述得挺简单的，但李白却听得"啊"的惊叫起来。

"你让好多人睡不好觉呢。"李清照对他说。

李白不解地问："为什么？"

"你突然失踪嘛。"

李白有点尴尬地笑了笑，问包不包括她没睡好觉。

"你还有心情开玩笑啊？"李清照叹了口气。

李白脸上只好严肃起来。

由于许多公司还在放春假，来银行办业务的顾客显得挺零落的，大家闲聊的时间比真正办业务的时间还多，甚至还有人踱到零售科去说笑，他们谈得最多的，还是节日里发生的事，譬如给人一共派了多少的红包，哪个新来的小青年一共拿了多少封红包，自家的孩子收了多少，自己又给出了多少。大家说得有点放肆，声调有点高了，但都少了戒心，因为过年嘛，做科长的也不会像平时那样给人脸色，反而会凑上来说上几句。

李白不知道说什么好，除了和李清照搭搭话，只好打着计算器玩，他一边打眼睛一边老向叶平凡的办公室那边张望。他奇怪他们怎么不谈发生的那桩银行劫案，大家似乎都心照不宣地避开这个话题。

丁小路也不谈，他神情忧郁，不时地喝着茶杯里的水。要是往常，李白肯定会逗他玩，走过去给他一个红包，因为他是未婚人士嘛，按广东人过年的风俗习惯，不管男女，只要没结婚，都有资格拿红包的，但今天他没敢造次。

快到中午了，叶平凡才从外面进来。李白长长地舒了一口气，又做了一次深呼吸，他打了几个喷嚏。叶平凡进来看见他，有点意外地轻轻"哦"了声，愣了一刹，才对李白说来一趟他的办公室。

叶平凡放下手中的提包，坐下就问他旷工是怎么回事。

李白知道他问什么，就说老家有点事。

"那怎么不见假条，也没有打招呼？"

李白张了张嘴，没有说出话来。

"人事科一直在找你，你去去吧。"

李白从科长室出来时，看见大家都望着自己。他看见丁小路的眼神里，少了往日的那种幸灾乐祸。大家似乎都为他担忧什么。李白返回自己的座位前，将抽屉锁好，开了"二道门"出去，上二楼的人事科去

找老石。

人事科长老石见了李白，也有点惊讶，但也好像松了一口气似的。老石对李白笑眯眯地说："等等吧，行长室这段时间都忙，你的情况都知道了，等消息吧，啊？"李白只好怅然地离开。回到结算科也不知道该干什么，因为他已经没有了办理业务的印章，也没有了电脑授权卡。他只好坐在椅子上，无聊地等待下班铃声。

下班铃响过后，李白是和李清照一起离开的，他有太多的东西想问她了。但真的走在一起，又不知道问什么好，从哪儿问起，又觉得问也是多余的。

在车站等车的时候，李白才突然问李清照，这些日子有没有谁牵挂他。李清照没有直接回答他这话，笑了笑说他失踪的那些日子，叶平凡憔悴多了。李白说除了李清照外，其他的人和自己没什么关系。后来，他想想又说，也许自己是有点意气用事吧。李清照说也不完全这样，"只要做一点工作就行了。"李白问她说的是什么意思。

"只要留下一张纸条呀。"

李白问："纸条？"他不明白她的意思。

"在上面写上，我李白没有经济问题，请领导安心睡觉！"

李白一听，就哈哈地笑起来，旁边的人都对他侧目而视。李白觉得李清照真是太聪敏了。李白和她分手前，称赞她："你真是太聪明了！"

"是吗？"李清照笑了笑说。

李白又补了句说："只是太不精明了。"

"你也一样啊。"李清照也笑着回敬他。

这话突然让他们不胜感慨，有点同病相怜起来，当然也惺惺相惜。在银行混了这么多年，还是小小的一个职员，而许多学历能力比他们低的同事，都已经混了个一官半职，他们想到这些，不禁都心酸地笑起来。

晚上回到家里，杨小薇有点急迫地问他，事情办得怎么样。李白心虚地说，行里让他等消息。杨小薇的脸便阴了下去。李白赶紧洗菜做饭，虽然他做得挺卖力的，但杨小薇吃得似乎并不开心。李白总是劝她多吃点，开玩笑说他可是做了三个人的。杨小薇只是默默地小口吃着，李白则在一边小心地赔着笑脸。

这些日子，杨小薇因为孕后反应太强烈，也无法上班了，只好呆在家里疗养，但她总是忧心忡忡的，人也总是感到疲倦不已。杨小薇吃过晚饭，看了一会儿电视就上床了。

李白自然也跟了上去，可在床上躺了一会，心里烦，连《鹿鼎记》也看不下去了。他觉得夜晚怎么一下子变得长了，看着侧转翻身的杨小薇，李白突然觉得难受极了。

午夜时分，他突然变得无法控制起来，他静悄悄地摸出卧室门，穿上衣服，在门口换好了鞋子，摸出了门，骑上自行车，在午夜的街头游荡起来。

街上没有什么人，路上是那些违规行驶的泥头车，他们在午夜的路上一路狂奔。微冷的风撩起他的衣服和头发，让他的脑子清醒起来，他突然又变得小心翼翼，转入到路灯明亮的街道。李白开始有点担心，哪个角落会突然冲出一辆车子将他撞上。

后来，他转上一条直路，灯光也明亮，李白一时兴起，就将车子骑得飞快，却在一个路口被巡逻的警察和治安联防队员喝停了。他们如临大敌地做好了准备，喝问李白快将证件拿出来。李白呼呼地喘着气，费力地从裤袋里将钱包证件掏出来。

原来，警察以为他是飞车抢夺后逃走的劫匪。李白擦着额头上的汗水，看他们仔细检查着，等证实他是个守法的市民后，那几个警察就告诫他，午夜时分，不要到处乱逛，赶紧回去睡觉。

往回骑的路上，李白感到疲倦朝他袭来，汗湿的身上开始发冷。他有点弄明白自己的举动了。李白心想还是忍忍吧，现在自己的境况和以前是多么地不同了，他要考虑的事情多了起来。李白缓缓地骑回自己家的楼下，然后慢慢地上楼回家。

杨小薇还是睡睡醒醒的，翻侧着身子。对这个小孩，杨小薇本来不想要的，说自己还没有做好充分的思想准备。李白开始好言相劝而不得其功，就有点愤怒地和她吵了几次架，这是他第一次发火，他说到了他们的年纪："我们都快过了最佳生育年龄了。"还说到他母亲的期待，最后才打消了杨小薇的念头。

李白脱了衣服，进浴室洗过澡后，躺在床上，拿起《鹿鼎记》，数着书上韦小宝的名字，慢慢地促使自己进入睡眠状态，但更多的时候，他是半睡半醒的。

一连几天，李白都是带着熊猫眼去上班的。其实说上班，也不完全是事实，李白还是没有被安排干具体的工作，叶平凡让他哪儿忙就帮哪儿。这样李白就得眼观四方，耳听八面，并快速地来回走位。

"晒月光去了？"李清照看他的眼睛那样，就开玩笑问他。

李白就开玩笑说："正在练轻功，晚上也加班。"

"也许一不小心就练成了高手。"李清照笑着说。

丁小路就嘲笑说："看你的架势，必败无疑。"

李白就回敬他狗嘴里吐不出象牙来。

"那我们打赌吧。"丁小路说。

李白说："你这人怎么总是赌啊。"

临近中午，人事科长老石来了电话，让李白来一趟。李白赶紧丢下手头的活儿上楼去了。李白有点紧张地进了人事科。老石见了他，依旧是笑眯眯的模样，他并没有让李白坐下，而是将他带到了行长办公室，说了句你们谈吧，就离开了。李白竟然有种被抛弃的感觉。

行长是刚来的，姓魏，名字李白不记得了，他只记得大家喊他魏行长。做行长的几年一个轮换，就像走马灯似的。李白也不想去关心这样的人事变动，他觉得这些事离自己太遥远了。李白喊了声："魏行长。"

行长招呼李白坐在沙发上，还给他倒了一杯水，这让李白有点诧异，因为行长从来就很忙的。李白和行长打过几次交道，都是他来科室检查工作，匆匆走过，和他们见面打个招呼，或者点点头就过去了，说话就更少。按他的想法，有什么事需要向上反映，到叶平凡那里就可以了，他只管做好手头的工作就行了。

李白现在坐在行长的对面，心情有点忐忑不安。他想自己对行长提的问题，要尽量回答得简洁，省得牵出更多的事来。后来，唐大钟也进来了。这更让李白紧张起来，心跳也加速了。

"坐，坐。"魏行长指了指沙发。

李白说："你们有事，那我先走吧。"他以为唐大钟是来找行长谈事的。他想站起身，但被行长用手制止，说："不碍事，一起聊聊。"魏行长的话让李白有点奇怪，但他只得坐下。

"工作还顺利吧?"魏行长突然问了他一句。

李白松了口气，他觉得终于谈到正题了，他说还过得去吧，然后，他咽了口口水，想对自己旷工行为做点解释。但魏行长只是"哦"了一声，没有追问下去，而是走到大班办公桌前，拿了自己的茶杯回来喝了一口水。李白只好继续等待。

魏行长问李白："春节过得还好吧?"

"还，可以。"

唐大钟插了一句话进来，问李白是否呆在市里过年。

李白说回了一趟老家。

唐大钟"哦"了声，没再说话。

魏行长又问李白是哪里人。李白心想要是老石在，肯定就会替他答说是 T 城人。李白只好自己回答说是 T 城人。他对行长的耐心有点疑惑，他怎么会突然关心起他的情况来呢。

魏行长又问李白业余有什么爱好。

李白有点不好意思地说，爱看武侠小说。

"也好也好。"

李白喝了几口水。因为有唐大钟在身边，他感到有点不自在。唐大

钟走到净水器前，倒了杯水回来喝了一口。他坐在沙发上，翘了二郎腿。

"有没有海外关系？"他问李白。

李白心想老石这点是清楚的啊，"没有。"他诚恳地说。

唐大钟想了想："最近刚出去的亲戚呢？"然后启发他。

李白想了想，还是摇头。

"关系远一点的呢？"魏行长问他能肯定吗。

李白又努力想了一次，"没有。"还是那句话。

魏行长点上一支香烟抽上，脸上变得凝重起来；唐大钟则不停地喝着手中的水。这沉默的局面让李白心里发怵，虽然心里着急万分，但也只好一言不发地等待下文。

魏行长也许思考了几种询问的方式，才艰难地做出决定似的打破沉闷的局面，他问李白是否知道请他来的原因。李白有点急了，说是自己旷工了一段日子。魏行长摇了摇头。李白见了有点惊讶和迷茫，"不为此事，还会为什么事呢？"唐大钟看他的眼神有点怪异，李白只好不再说下去了。

"据汇报，你从澳门来了一笔款子。"魏行长慢慢地揭开了谜底。

李白一听，激动了："真的到了？"他马上站起来。

他发觉自己失态后，又重新坐下，脸有点发烫。

"钱是谁的？"唐大钟问了句。

李白激动起来，赶忙说当然是自己的，说过之后，他怀疑是否哪儿出错了，就又不放心地问："难道收款人的名字写错了吗？"

魏行长肯定收款人的名字是"李白"。李白这才如释重负地松了口气："那就好！"

魏行长说："名字是没写错，收款人账号也正确无误，但因为数额巨大，行里想搞清楚。"

李白站了起来，肯定地说，就是自己的，没错。

行长用手示意他坐下："不要激动，坐下来谈。"他又抽了口烟，说想搞清楚一个问题，那就是李白既然没有海外关系，又何来的汇款呢？

李白感到事情变得有点棘手起来。这个问题不好回答呀。李白不想说自己是从葡京赌来的，做银行的都忌讳这个的，所以他对回答这个问题感到左右为难，他不想把事情复杂化，他想既然钱是自己的，那银行是无法扣住不给他的，所以他选择了沉默等待。

"李白啊，你要给行里说实话，你一没有海外关系，二是个中国公民，难道钱会从天上掉下来不成？"魏行长吐出一口烟说道。

李白给这么一说，心里就有点虚了。"是，是一个老同学汇给我的。"他咽着口水说。

唐大钟变得严肃起来，说李白你要老实，刚才还说没有海外关系的！

"这个……"李白一时也找不出别的更合适的话来回答，当然也不想给别人更多的猜疑，只好咬死这个答案。他辩解说，同学又不是亲戚，不算是自己的海外关系。魏行长又问了一句："那他给你汇钱干吗？"这点李白就找不出个合情合理的理由来了。

"你不是替人洗钱吧？"唐大钟盯住李白的眼睛。

这话将李白吓坏了，他辩解说，千万不要冤枉他，这等犯法的事，他可从不会干的。

魏行长看局面有点僵持，就换了口气问李白："要不要添点水？"

"不用了。"

"这样吧，"魏行长对李白说，"你还是回去考虑考虑刚才的问题吧。"

李白站起来时，又问那笔钱他何时可以取。

魏行长拍了拍他的肩膀，说是他的就不会跑掉的，还提醒说行里在等李白的回答呢。

李白心烦意乱地出了行长室，一路上，脑子里净是乱七八糟的想法。

第11章：钱事

这段日子，李白下班回来，杨小薇一见面，就会问他有什么消息，行里什么时候让他上班。李白照例回答在等行里的处理意见。杨小薇便会责怪李白，说他真是没事找事。这样的话说多了，李白心里也烦，但他也不想顶嘴，心想事情已经这样了，更何况也不能让杨小薇动怒。那就忍耐和等待吧，这是他给自己的意见。

这天，下班后又是一番老生常谈的问答之后，李白进了厨房，打开冰箱，将菜拿出来，准备做饭。杨小薇踱进来，倚在门口，说她没胃口，还说李白昨天将鱼胆剖破了，吃到嘴里苦死了。李白有点恼火，心想这不是找茬吗。他丢下菜刀，洗了手，回到客厅，坐在沙发上生闷气，这时史红旗的电话来了。

史红旗从机关跳槽出来后，就进了一家商业银行，据说待遇不错。说到待遇，这也是当初促使他跳槽的一个原因。他向李白征求意见时，李白说，现在干公务员多舒服啊，让他别挪窝了。史红旗却说自己干得没劲。李白所说的理由，也只是他自己的理由，史红旗当然听不进去，他说你的工资就比我的高嘛，所以李白的理由也就自然而然地没有了说服力。

他们已经有段日子没有见面了，平常联络也只是通过电话聊聊彼此的状况。听声音史红旗过得挺滋润的，他声音洪亮，一副领导者的口气，他问李白死哪儿去了，老不见人，打电话到单位去，也问不出个确切的去向，打手机又总关机。

史红旗问李白最近忙什么。

"焦头烂额！"李白没好气地说道。

他问李白什么事忙成那样，也笑了笑说："我也是。"他说老婆已经骂他简直把家里当旅馆了。不过，听他说话的语气，不是不高兴，而是有点得意。

"忙，睡觉。"李白回答他。

史红旗听了就笑了，说除非你失业了。

"怎么，幸灾乐祸吧？"李白就骂了句。

史红旗说非也，如果是真的失业了，干脆来他那里帮他的忙，他也省得要了新手再去培训。他说他忙坏了，还身兼数职，他可不想那么快就倒下去。再说了，有什么好事，该和老朋友分享才好。

"真失业了，我也不想再在银行干了。"李白叹气说。

史红旗就哈哈大笑起来。他们以前有时开玩笑，会拿各自的职业打趣或吹牛。李白就逗过他，说自己挺幸福的，因为他整天在钱堆里打滚；而史红旗呢，是在人群里打滚。没想到现在情形发生了变化，史红旗倒混进了这支队伍里，而他却可能被摒弃了。

史红旗还想数落他，李白就让他别翻旧账了，说世易时移嘛，什么都在变化当中。李白懒得跟史红旗作辩论，就和他聊起一些朋友的动态，他已经很久没有和别人联络了。电话似乎出了点问题，老是时断时续的。

"出来聊吧，我去接你。"

这时，杨小薇正好进来，想看李白和谁聊了那么久。李白用手捂住话筒，看了眼杨小薇说："是史红旗。"他说自己要出去一会儿，杨小薇有点不高兴地说："你爱去谁能拦你啊。"李白就拉下脸，对史红旗说，他在住宅区的出口处等。

史红旗的车子很快就到了。李白看着他的装扮作评价，说他是典型的爆发户，史红旗笑嘻嘻地回答说："富总比穷好嘛。"他头发梳得油光可鉴，还西装革履的，全副行头都是巴黎世家牌子。李白被他的装束搞笑了，说怎么一下子变得人模狗样的，问他："你不累啊？"史红旗说："工作需要嘛。"之后又问李白前段休假休了多长时间。李白也懒得解释了，苦笑着说比上班还烦人。

"你家的美人还好吧？"史红旗问道。

李白笑笑说："中奖啦。"

"恭喜恭喜，要是生男的我们结亲家。"史红旗听了，连声道贺。

李白叹气说："随他们去吧。"

车子拐了几个路口，史红旗才问李白想去什么地方。

"这顿谁的？"李白问。

史红旗爽快地说："当然是我啦。"他还让李白挑地方。

李白扭转头看了他一眼，问什么档次。

史红旗说随他，只要他满意。

"你是贩毒了还是印假钞了？"李白骂了句。

史红旗哈哈大笑起来，很有领导的气概，解释说 A 行是家商业银行，机制灵活，收入与付出是挂钩的，他很好地利用了以前干机关时积累下的人脉资源，所以干得挺出色的，连连获上头的提拔，现在市分行正让他筹组一个处级支行，他正四处物色人员呢。

"士别三日，刮目相看。"李白感叹起来。

至于去什么地方，李白也有点拿不定主意，因为他不常出去消费。看李白还没有定下地方，史红旗就说去一家新开的大富翁吧，他有签单权，水准是五星级的。

李白听了有点犹豫，说不用那么高的档次。

"干吗呢？"史红旗问他。

李白说："你烧起别人的钱来挺有快感的吧？"

史红旗批评李白观念落后，说这钱是越烧越旺人的。他说完又骂了句，他妈的，老子每天为它累个贼死，不狠狠地烧它，我心理也不平衡啊。收入与付出挂钩嘛。再说了，赚钱不是目的，花钱才是目的。

"什么鸟逻辑呀，这还不是你自找的呀！"李白笑了笑说。

史红旗没有回击李白，只是将车子停在酒家的停车场。

他们要了一个包间，名曰"得月楼"，史红旗让李白放开手脚点菜。李白拿了餐牌，点了一桌的海鲜，大闸蟹、鱼翅等等。史红旗故作惊讶地喊了句："你还真敢点啊！"李白说："你不是想挨刀子吗。"史红旗哈哈笑了起来。

等菜上来后，李白边吃边听史红旗讲他的发展计划。史红旗问李白想不想过来帮忙。李白用毛巾擦擦嘴角，叹了一口气没有回答。史红旗吃得心不在焉，每样东西都只吃一点，大闸蟹只挑吃蟹糕。

突然，他的目光飞到了包间门上的玻璃窗，马上就从椅子上跳起来，冲出包间。李白不知道出了什么事，想喊他问个明白，史红旗却已经没了人影。李白想想算了，这家伙许是拉肚子了。他只好继续他的海鲜大战。一直到他吃饱了，史红旗还没有回来。李白感到无聊，只好打开电视看起来。

期间，杨小薇打过电话来，问他在哪里。李白说史红旗请饭局，杨小薇有点生气说："那你们继续吃吧。"然后就挂机了。李白看的电视节目是《百万富翁》游戏节目，里面抢答赚钱的紧张气氛也感染了他，他一边兴奋地敲着桌子，一边骂那个答错了的人是笨蛋。

游戏节目结束后，史红旗还没有回来。刚开始，李白没在意，心想这小子可能够呛了，肯定掉进马桶了。后来，都一个小时了，还没见人回来，李白有点心慌了，心想这小子不会撇下自己走了吧？李白知道自己不该有这样的念头，他们的交情不会这么浅的，都认识十年了。但这一桌海鲜的价钱，可不是开玩笑的，又让他不得不有此想法。

时间一点一点过去，李白感到时间突然慢了下来，特别的慢，他甚

至听到了自己吞咽口水的声音。服务员进来问过几次，"要不要上水果"，"要不要收桌上茶"，李白都连连摆手说，不急不急，他的朋友有点事出去了。

后来，因为菜都上齐了，李白也吃好了，服务员似乎显得无事可干了，她们双手背在身后，安静地站在李白的不远处。看到那些服务员站在桌边侍侯，李白也有点不自在了，他让她们出去，说有事就会喊她们进来的。

李白上过几次洗手间，史红旗并不在洗手间里，他尝试着找了好几处，也没见人。他在里面掏出钱包翻了翻，有五张百元大钞，四张十元的，一共是五百四十元，这点钱自然是不够的。当然，李白还有一张信用卡，有两万元的透支额度，绝对是够的，如果事情真的如他所想，那这顿饭吃得就太他妈的冤枉了。

李白将钱包放回口袋后，他不停地洗着手，慢慢地手指都发白了，他不停地掏指甲里的污垢，一不小心，指甲弯了一下，但没有断，看来是被水泡软了。李白看到镜子里是一张苍白的脸。

回到包间，坐回椅子后，杨小薇的电话又过来了。李白问她："怎么啦？"杨小薇开始不出声，后来李白有点急了，就喊起来。杨小薇才说："有点不舒服。"李白说："那就早点睡吧。"杨小薇说要等他回来。李白心里正烦，说他吃完就马上回去。杨小薇发牢骚说："怎么吃了那么长时间呀？"李白说马上就好。杨小薇说早点回来，她有事和他商量。

李白看了一眼手表，已经是 11 点 45 分了，史红旗还是不见人影。李白感到身上有点发冷，就让喊服务员将空调的温度弄高点。服务员说是中央空调，没法调。李白下意识缩了缩脖子，又用手抱住了胸口。服务员也乖巧，跑去拿了给女人用的披肩给他，说将就点用。李白说了声谢谢。

后来他又看表，是 12 点了，他终于下了决心，对服务员说："结账吧。"然后慢慢地掏出钱包，他说了句："我用卡。"服务员说可以的。

李白就将那张极少用的信用卡掏出来。

史红旗就在这个时候冲了进来。他大声喊："干吗干吗，看不起我吗？"他用手按住李白拿信用卡的手。他一边掏出钱包，一边对服务员说："我来，让你们经理打个八折。"

李白就喊："妈的，跑哪儿了？"他被史红旗按得手有点疼。

"刚才看见一只大'水鱼'，得赶紧去撒网。"史红旗这样给他解释。

李白有点火了，笑骂说："妈的，一个大客户就让你丢魂似的。"

"今时不同往日，以前都是人家求我，现在世界变啦。为了完成存款指标，我有时就得当孙子，我家里的美人都骂我快成酒店的'三陪'了。"听史红旗说这话的语气，不但没为此感到羞耻，反而透着几分得意。

最后那几句话，将李白逗乐了，不过气只是消了一半，脸还是拉得长长的，他说走吧，小薇来过几次电话，说有什么事和我商量，我得赶紧回去探个究竟才好，现在是特殊时期。

史红旗在账单上签过字，要了发票，就说："走吧。"

走出大厅，史红旗见李白还拉着脸，就指了指两旁列队的小姐打趣说："李白，给你弄个小姐消消火气吧？"

李白没好气地骂了句："消你妈的！"

史红旗也没有和他计较："下次再做了你们！"他对那些小姐做了个鬼脸。

"来不来帮我呀？"史红旗停下车子时，又问他。

李白刚想说什么，就一连打了好几个喷嚏，看来刚才是受凉了。

"想想吧。"史红旗就说。

李白就边打喷嚏边急匆匆地拉开车门走了。

夜晚，李白突然发起了高烧，还乱说胡话，将杨小薇吓了个半死，

用手摸摸他的额头和身子，赶紧拿了冰箱里的冰块给他做冷敷。等他清醒些，就骂他："一顿饭就将你吃成这样？"李白心想，不全是包间温度的问题，他折腾了几个夜晚的自行车运动，当然也是一个原因，但他没说出来，省得再惹杨小薇生气。

等李白完全清醒过来后，杨小薇要拿毛巾给他擦汗，他却让她离自己远点。

"你想干吗？"杨小薇说。

李白说："我可以感冒发烧，但是你可不行啊。"

杨小薇说："真麻烦。"

李白最后到客厅去睡了，一夜下来，做了无数稀奇古怪的梦，他在半梦半醒之间，又在思考如何取出那笔钱。当然，也为如何使用它而有了好几个计划。李白好像从来没有这么为钱伤过神，他不断在现实和超现实的时空里穿梭，不时要让自己充满勇气和力量，跳过令人恐惧的沟壑。

再去上班，李白就觉得别人看他的眼光挺复杂的，有羡慕，有怀疑。

"原来啊……"李清照对李白打眼色，笑眯眯的。

李白开始不明白她所指。

"好运气啊。"李清照说。

原来，他发烧没来上班的那几天，行里都传开了，知道他有一笔巨款，至于来源嘛，每个人都演绎出一个版本，每个人都用自己的方式关注他。这种状况让李白十分不自在，一点也高兴不起来。

丁小路对他还是那副脸色，喊他拿东西时，就显得不耐烦似的。李白想想还是忍了，当然心情就可想而知了，做事自然就连连出错。李白一出错，丁小路嘴上就是牢骚一串，因为连累了他被扣奖金。"你不在乎，我可在意的。"他是这么讽刺李白的。

叶平凡还就这事找他进办公室谈过几次话，他说你李白不在乎那点奖金，可人家在乎！再说我们科室老被客户投诉，我们季度和年终的考核怎么办？叶平凡让李白谈谈他的想法。李白当然有口也难辩，他不明白那笔钱到底招惹了谁，再说他还没拿到呢！

每次谈过话出来，李白就坐在椅子上发呆，他想稳定自己的情绪，以免再出错。但事情总是事与愿违，老跟他作对似的，李白继续犯错，使他成为更不受欢迎的搭档。李白对这制度也颇有微词："干吗搞连坐呢？"

按丁小路的说法就是，以前他李白古怪是他自己的事，与其他人无关，现在则是累人累己。这话传入李白的耳朵，把他气个半死。但他越是想将事情做好，却因为心里塞了几件事而无法专注于手中的工作。

星期五的下午快下班，思考来，思考去，李白实在憋不住了，他感觉到，要是继续憋下去，他要疯掉的。于是他丢下手头的东西，跑上了行长室。魏行长见了他，愣了一下说，正好要找他谈呢。李白站在大班桌前没动。

"坐，坐下谈。"魏行长指了指沙发。

李白只好坐下。

"我是否可以取了？"李白小声问道。

魏行长先按下这个不谈，却和他谈起了叶平凡以及其他员工的一些反映。他说现在各行各业都在搞文明优质服务，李白这样的工作态度是不行的。李白红着脸做了检讨，解释说自己也不是存心想这么干的，他保证以后会改进的，希望行里相信他。

魏行长又点了支烟抽上。李白被呛了几口，咳嗽起来，等一停又问起那笔钱的事。

对李白的问题，魏行长看来已经深思熟虑了："哦，有处理意见了。"他说得不急不躁的。

"谢谢行长！"李白一听就高兴起来。

魏行长却将话题一转，谈起了群众的看法，说这么一笔数目的款

子，首先得弄清楚它的来龙去脉。他说李白是老员工了，应该知道，银行对员工的要求是严格的。他说首先是要思想品德好。

李白听到这就有点急了，他说自己干了那么多年了，没贪污过，没挪用过公款，没在钱财上出过问题。他还特别强调，他也没听说过行里规定要对收款人做这样的调查。

"你不同，你是行里的员工啊。"

李白于是赶紧声明，自己虽然少与行里的人交往，别人也说他古怪，但还没有人说过自己的思想品德有问题，虽然近期自己工作出了差错，也是偶然犯错。

魏行长听了李白的表白，就解释说，大家都议论纷纷，说按李白收入水平来看，他不可能有那么一笔款子，因为李白并没有炒股票嘛。行长还在不断地绕圈子，李白的情绪便波动很大。

最后，李白跳了起来，有点失控地说，那笔钱是自己去澳门葡京赢来的。李白心想现在来路明了吧！魏行长听了这话，却笑了起来，他严肃地说，其实他们早就猜到了，只是想听李白亲口说出来。

李白听了，有一种被人耍弄后的愤怒，原来弄了这么久，自己倒成了嫌疑犯了，他真想跳起来掐住对方的脖子，但他忍住了，没敢造次，只是瞪住魏行长的眼睛，等待下面的文章。

魏行长接下来说的话，意思已经很明白了，李白已经不适合呆在行里了。他说原因李白应该是心里清楚的。

李白一听就傻了，他没想到结果是这样，他几乎是冲口而出："为什么？"魏行长的脸色严肃起来，说银行是严禁员工赌博的，他加强语气做了强调，说行里要做到早预防，防微杜渐嘛。李白忙解释自己平常并不沾赌博的边的，这大家都知道的，去澳门的那趟也只是玩儿罢了。

"谁知道呢？"魏行长认真地看了李白一眼。

李白便哑巴了。

魏行长看李白还在发呆，就说李白可以选择拿钱走人，自动辞职对大家都好。李白一下子接受不了这个现实，毕竟工作了十多年了，还是有感情的。虽然有过离开的冲动，但要他一下子这样离开，他又受不了，特别是杨小薇怀孕后，他做什么事都是三思而后行的。

李白赌气地问："如果我将该笔款子捐出去，是否可以留职呢？"

李白以为自己做出这样的决定，肯定会让行长做出另外的决定。李白的话，的确让魏行长愣了几秒，他没有想到李白会提出这么个问题，他听人说过这个李白是个怪人，看来一点也没有错。

"这样不好吧，要是人家问起钱的来历，我们也不好说，如果捐出去，连行里都会没面子的。"魏行长笑着说出的几句话，足够让李白感到愕然了。

李白没有想到行长考虑问题比自己更深更透彻，毕竟领导就是领导，想问题看事情永远都比自己要高瞻远瞩。他回过神来就觉得自己简直是个白痴，刚才的举动远比单相思更让人悲哀。

他离开行长室出来一看，银行的营业大厅已经关门了。他匆匆从"二道门"进了结算科。连李清照关注的眼神，他也没注意到。他将桌子上的东西收拾好，放进抽屉里，黑着脸去洗手间洗了把脸后，才从后门出去。

走在大街上，他看见到处是下班的人流车流，都汇集到路口了。李白被夹在人流车潮中，就像掉进了大海一样无助。他没有到公交车站等车，而是绕过去，选择走路。远远看见李清照在站台朝他示意，他看见了，也只是点了点头，然后继续往前走去。

第 12 章：轮 回

李白一连几天窝在家里睡觉。早上，闹钟的闹铃响翻天了，他也无动于衷。他伸手将闹钟抓了塞进枕头底下，继续睡。杨小薇醒了，用手扒拉他。他说没事，放假呢，又睡了过去。中午晚上，他照例做饭，当他的住家男人。可这样过了几天，杨小薇就起疑心了，逼问他，是不是又出了什么事。

刚开始，李白心想还是瞒一阵吧，省得她跟着操心。可她天天都和他说这事情，他被逼急了，想赖床也不成了，这天就从床上跳起来喊："是呀出事了！我完蛋了！失业了！"

杨小薇就捂住脸哭了起来。

李白见这情形，马上收敛起来，再好言安慰她，说自己虽然走了，但还是有了一笔钱。杨小薇打掉他放在她肩膀上的手，喊他不要糊弄人了。李白便起身拿过自己的手包，拿出一本存折让杨小薇看。杨小薇看了，上面白纸黑字，打印着三十万存款。

杨小薇半信半疑地问了句："这次是真的？"

"是真金白银，行里给了十万赔偿，另外二十万是自己挣的。"

杨小薇瞪大了眼睛看住他。

"到澳门玩牌赢的。"李白尴尬地笑了笑。

杨小薇正要发作，李白就赶紧说："都是夫人的功劳。"

"关我什么事？

"在家里和你练习多了嘛。"

杨小薇的脸上有了一丝笑意，想想也算了，说下不为例。

"仅此一回。"李白马上举手发誓。

李白连着睡了一个月的懒觉，他和杨小薇要么牌局，要么看武侠小说，累了就睡觉，甚至将昼夜颠倒。什么东西都这样，没有的时候想要，有的时候就不想了。他以前从没赖过床的，或者说，他没有机会，所以总想赖。现在好了，他想赖多久就多久。

后来，李白开始心生厌倦，在浴室洗脸看见镜子里那双浮肿的眼睛，他吓了一跳，他不无忧虑地想，再这样睡下去的话，会不会连身架子都睡散了呢？李白利用蹲马桶的时间，拼命思考有什么计划适合自己，但总是像掉在大海里的人，一睁眼望去，四周都是水，都是海平面。那笔钱，干大事不多，干小事不少，做生意嘛，李白肯定不是那块料，所以这方面就免谈。

李白想了许多天，也没一个结果，他一下子就迷失了方向。有时他坐在夜晚的窗口或干脆趴在阳台上发呆，看那路上来往的人流车流，感叹芸芸众生，都在为生计奔波。李白就想，有多少人可以有权俯视众生呢？什么是有意思而自己又愿意去干的事呢？韦小宝他会想这么多吗？李白抬头望望天空，百思不得其解。

经过一段时间报复性的昏睡和懒散后，李白鼻敏感的毛病自动好了，却又心生出某一种恐惧来，他夜晚竟然失眠了。他披衣走到窗口或阳台，望着深邃而空阔无比的天空，他就会害怕起来，也许是从人群中突然抽离出来独处的缘故。

李白心里是多么佩服那些古代的侠士呀，他们可以为了武功而长时间闭关练功，与世隔绝。李白不禁要在心里问，古代的英雄也是寂寞的吗？这么些日子，李白多年培养起来的严谨的生活规律被打乱了，他渐渐有种说不出的不适感，他决定去一趟医院。

挂号时，人家问他要什么科。李白一愣，想了一会，才说是这里不舒服，他指了指自己的头和心口。挂号窗口丢给他一个外科的挂号单。李白拿了，撂在一间外科室的桌上，然后坐在外边的长椅子上排队。

在无聊中，李白对四周观察起来。他奇怪周三怎么也这么多人，渐渐才看出门道来，许多人是来泡病号的，因为他或她从药房取走的，都是大包大包的滋补品。

坐了三十分钟，李白听到里面喊他的名字。医生一边填写处方单上的姓名年龄，一边问李白哪儿不舒服。李白说自己整天昏昏沉沉，腰酸背痛的，又谈了一些具体症状。医生翻看了他的眼皮，查看了舌头什么的，之后又问起他的起居饮食情况。李白一一照实回答，然后问医生自己是什么病。

医生问他："性生活正常吗？"

"老婆怀孕了。"李白脸红起来。

医生边写处方边对李白说："也没什么病，看来主要是睡觉睡多了。"他要李白多运动。

李白这下才知道，睡觉多了，也会得病的。回来和杨小薇一说，她就说老这样下去也不行的，早晚要坐吃山空的。杨小薇的肚子是越来越朝前挺了，这让李白又喜又忧的，喜的是快要做爸爸了，忧的是杨小薇也和自己一样失业了。杨小薇刚怀孕时吐得厉害，就休了一段时间的假，回去发现那个公司也黄了。

李白安慰她不要着急，要她干脆就好好在家里休养，毕竟杨小薇也算是个大龄产妇了，他说生完孩子再作打算吧。但家里一下子多了三张闲嘴，现在养一个小孩，比养个大人的花销还大，难怪杨小薇也着急起来。

接下来的日子，李白胡思乱想了许多计划，都无法实施，只好做罢。杨小薇后来倒提醒他："史红旗不是让你过去帮忙吗？"李白却拼命地摇头："那谁给你做饭呀？"其实他没把话说透，他是不想在银行干了，但他没说出口。杨小薇就生气了，说："你就一直在家里做饭吗？"李白想了一会说："那给你请个保姆吧。"

想了几天，李白给史红旗打电话，说了自己的现状和想法。史红旗倒也爽快，哈哈笑着答应了。李白笑骂了一句："真他妈的有领导气概！"等办好了用工手续，李白就戴上了 A 行的工号牌了，是 0015 号，他看着那个号牌，明白自己又重新过上了那种欲罢不能的生活。

李白又过起了那种早出晚归的生活，一切似乎又在重复起来，不过有个保姆在家里照顾杨小薇，他也就放心多了。他干得很拼命，为了自己，也为了史红旗，或者说是为了杨小薇，为了即将出生的小孩，终日他脑子里装满了这些理由，让自己保持最佳状态，不让自己疲软下来。

这天李白回到家里，刚换了拖鞋进客厅，就发觉气氛不对劲，他看了眼饭桌说："开饭吧，我饿死了。"见杨小薇坐在沙发上发呆，就问，"小玲呢？"小玲是家里请的小保姆。

杨小薇头也没抬："走啦！"

李白愣住了，问这时还去买东西？

"不干啦！"杨小薇见他没有听懂，就补了句。

李白瞪大眼睛问："为什么？"

杨小薇说她嫌钱少活儿多，说就那么点钱，要干这干那的。

"还少啊？不就烧个饭吗？"李白跳了起来。

杨小薇没说什么。李白想想再说也是多余的，丢下手提包，无力地坐在饭桌边的椅子上。

过了一会儿，李白站起来说："去名典咖啡屋吧。"他饿得脚有点发软了。杨小薇白了他一眼说："你好有钱呀？还是叫个外卖吧。"李白说现在不行，"不能亏待小家伙。"他笑着摸了一把杨小薇的肚子。杨小薇只好不再说什么了。

吃过晚饭，李白和杨小薇一起散步。虽然李白很累了，但他说散步

对胎儿有好处。他在顺电家电超市一楼的门口，竟然遇见了李清照，两人一打招呼，李白的脸也红了。

李白给杨小薇和李清照做了介绍。杨小薇说："你们谈吧。"她说要去二楼看看日本瓷器，就留他们站在那里了。

李白和李清照已经有半年没有见面了。李白问起她的情况，李清照说还是老样子，李白说自己去了史红旗那里帮忙。李清照问他感觉如何，李白叹了口气说，还能怎么样，现在是身不由己了，再说也不好找工作，家里有两个"小孩"要照顾，买房子的按揭也要每月供。

临分手，李白多嘴问了句："丁小路还好吧？"

"你还不知道呀？"李清照竟然一脸惊讶。

李白说知道什么呀，我都离开了，没联系过。

李清照说："丁小路死了！"

"又是银行劫案？"李白大吃一惊。

李清照说："自杀。"

"为情所困？"李白更不懂了。

李清照说不是，她解释说最近行里招了很多大学生，而且整天搞上岗考试，还搞什么末位淘汰制度，大家都人心惶惶的。丁小路学历本来就低，几次考试都遇上"红灯"，他这人除了死干，也没有什么关系，所以就给末位淘汰掉了。听说他的父母都是下岗职工，挺困难的，可能就一时想不通，才走上了那条路的。据他的同房说是割脉的，血流了一房间，挺吓人的。李白听了，恐惧得瞪大眼睛站在那里。

李清照最后还透露，李白为什么会被抓进局子。因为当时警方接到银行的报案做侦查，了解到李白离开银行前，并没有办理任何交接手续，打开他的抽屉检查，发现里面除了一些印章，电脑磁卡和圆珠笔外，并没有私人的物品，于是认定李白是早有打算的。

其他同事也反映说，李白不久前还老问人，要是有一千万会干什么？所以警方将他列为一个嫌疑对象，按此线索追查他的行踪，抓到他时，还以为抓到了重要的嫌疑犯，后来才知道白忙了。

李白听了，说："他妈的简直就像是看小说一样。"他终于明白为什么他一回行里，大家会那样对他。李清照见杨小薇走过来了，就和李白说再见，她说自己还有点事。

等她走远了，李白还站在原地发呆，想着刚才她给他透露的内幕。杨小薇捅了捅他的腰才醒了过来，他说回去吧。他这时才想起一件事，他没给李清照留联络电话。

走在路上，李白总有点走神，他想丁小路还不算坏，要是够坏的话，没准会弄个炸药包去银行或杀一两个仇家，然后再自杀。李白突然想到他会不会找自己呢？丁小路说过要干掉他的。李白这样一想，心里就打了个冷颤。他又想丁小路流那么多的血，会不会感到痛呢？他边想边走，连杨小薇问他话也没听见，答非所问。

自从杨小薇怀孕后，李白就很少在家里谈论单位发生的事情，省得让她也跟着心烦。那些都是些烦心的事，他努力做到一进家门，就放下单位的事情，尽量在杨小薇的面前显得开心些。当然也少不了想法子逗她乐，让她安心在家里休养，他甚至不顾杨小薇的反对，专门雇了个保姆小玲给她做饭，因为他看见杨小薇老侧着身子拿东西，肚子大了办事是不灵巧的，只是没想到小玲才干了一个月就跑了，还嫌活儿多钱少。李白想想还是人家小姑娘牛逼，说不干就不干。李白边走边想着这些恼人的事情。

走回家里，杨小薇和李白都累了。李白扶她坐在沙发后，发现她情绪不佳，就想逗她开心，他走到她的面前蹲下，笑嘻嘻地说要和她打个赌。杨小薇看起来没什么情绪，嘟了嘟嘴，兴致虽然不高，但有点好奇。

杨小薇总觉得他今天有点不一样，就问他赌什么。

李白指了指窗台说，赌她不能正面站在窗口，将晾晒的衣服取下来。

杨小薇听了就笑了，胜券在握地说自己赢定了，因为以前晒衣服，她一伸手就正好将衣架挂上或取下晒衣杆的。但有一点是杨小薇没有想到的，她已经很久没有晒衣服了，现在李白将家里的活儿都包了，所以李白也笑吟吟地说自己赢定了。

杨小薇当然不相信，她费力地从沙发上起身，走到窗口伸手去取衣服，无奈她的大肚子抵住了窗台，手自然没法够着衣架。李白见了哈哈大笑起来。杨小薇虽然被他作弄了，但也被他的狡猾逗乐了，不过她不敢大声笑，只是捂住肚子，说要出事了。李白马上吓白了脸。

他们又看了一会儿电视，杨小薇打了好几个哈欠。李白就催她快去洗澡睡觉。杨小薇说自己的脸都睡肿了，李白说："能睡就是福气。"杨小薇用手捂紧脸颊，问自己是不是变丑了。李白叹叹气说："那是怀孕的福相。"

等李白也躺在床上后，他感到疲倦，但无法入眠。李白后来对杨小薇谈了自己的一个想法，他说想接母亲过来照顾她，这样他可以安心工作，省得两边都顾及不上。

杨小薇听完，沉默了许久，也没有出声，等李白催问她的意思，才说了句："也好吧。"李白当然知道，这样做的利弊都有。母亲一来，自然二人世界就不复存在了。

但事实上，现在好的可靠的保姆是很难找的，而自己也忙得够呛，有什么办法呢？现在银行多如米铺，竞争十分激烈，他连周末都经常用来上培训课，根本就无暇照顾杨小薇了。

第 13 章：鱼的活法

一个星期天的早上，李白加班去了，忙了一个上午才回家。他没有吃饭，一个人傻傻地走在回家的路上。经过那家顺电超市，他看见路边停了辆捐血车，车身上的那个大红"十"字，在白晃晃的阳光下十分刺眼，深深地吸引住了李白的眼球，他竟然变得有点兴奋起来，走过去上了车，他对医生说，他要捐血。

医生一边给他做检查，一边对他说："捐点血，对你们整天坐办公室的人有好处。"

"抽四百毫升吧?"李白也不懂得到底是多少，他脑子里没一个具体的概念。他点点头。看那管针插进自己的血管，他将视线移开了，没敢拿眼睛看那四百毫升血，是如何缓慢地从他身上流出来的。

他感到身体有点冷，虽然没有痛感，但有点幻觉，他想可能是自己没有吃饭的原因。医生问他感觉还好吧，他说："可能是没吃饭吧。"医生给了他一盒牛奶，让他补充点营养。

李白下了车，手里拿着那盒牛奶，一边走，一边喝，心里竟然感到一阵轻松，他用手按住手臂上的创可贴，慢慢地往家里的方向走。对自己捐血的行为，李白没有细想，只是当时有种冲动罢了。

经过商业街，他被路边一家水族馆里色彩斑斓的鱼类吸引住了，不禁驻足观赏起来。

老板挺热情地招呼他进去，说："看看吧，不买也无妨。"

李白略一沉思，就移步进去，围着那些鱼缸转起来，观察起来。

一条凶猛的热带鱼，跳起来扑食飞过的蚊子，用力过了，跳出了鱼缸。它掉在地上蹦跳着，想打挺翻身，但无济于事，张大嘴直喘气。

老板走过来，将它又丢进水里，它又快活地游来游去。

李白又转到旁边的金鱼缸，那些金鱼实在是太漂亮了，摇摆着漂亮的裙子。李白突然发觉，金鱼是安于现状的，永远都是那么优游自在地游弋于那方天地，看不出它们对自己的状况有什么不满意。

李白若有所思，似乎想到了什么，他的面容映在玻璃缸上，和那些游弋的各色鱼等重叠在一起，变形而夸张。他的眼睛有点花了，人也有些恍惚，他突然笑了一下，自言自语起来。

"我算是哪一类呢？"李白说道。

那个老板没听清楚，以为他要买鱼，就热情地走过来。

"先生，要哪种鱼呀？"那个老板说。

【下部】奔马

第1章：学习课

李白进门换了拖鞋，放下手中的包，将手上拎的菜丢到厨房的灶台上。虽说人是有点累了，但他下厨的兴致还是很高的。他摸出磨刀石，霍霍地磨快菜刀，然后择菜、洗菜、切菜，忙起来后，他才意识到自己的手有点生，刀法也有点粗了，切西芹时，一不小心还伤了左手食指，一汪血从伤口流了出来。李白赶紧将手指放嘴里一吮，血的味道竟然有点咸腥。

李白下午说要下厨，杨小薇就在电话里问他："犯哪门子邪？"当时李白嘿嘿笑，说："争取表现嘛。"这天他心情好，所以想到了荒废已久的手艺。

李白关了门，将抽风机打开，用锅将油热了，然后将切好的菜下锅，炒了几炒，将锅盖盖上，厨房里一下子安静下来。他走到门边，侧耳听外边客厅的动静。

李小龙问杨小薇："剩的一半，饭后再做吧？"

"吃饭你也吃个半饱？懒人屎尿多！"杨小薇大声呵斥他。

李白边听边摇头叹气，唉，这小子呀！李小龙成了家里的化骨龙了，夫妇两个每天都被这小子折腾得虚火上升。他鼓捣了一个小时，终于将几碟菜从厨房端出来，大声宣布开始晚宴。他满脸笑容，挺得意地问："挺丰盛吧？"他想得到两人的表扬。

李小龙听说开饭了，马上兴奋起来，喊了声乌拉，丢下手上的书本，一奔就坐到了饭桌前，说："吃完再做。"然后舞筷如剑，在李白的眼前点来点去，将几碟菜走了个遍。

李白也挥筷如剑地挡住他，很严肃地说："张牙舞爪！"

李小龙喊了："鸡翅膀呢？我要鸡翅膀！"

杨小薇洗了手上来，一看饭桌上的菜，就拉下脸来。李白一见，涎着脸一笑，说领导同志，请给点鼓励，好不容易争取表现一回呢。杨小薇也严肃起来，说你想你儿子真变风筝吗？李小龙是够瘦的了，当李白举起他玩时，曾经担心地开玩笑说过："再瘦点就成风筝啦。"

现在听了这话，李白愣住了，说："此话怎讲？"一时没闹明白她的意思。杨小薇说李小龙正在发育呢，她边说边用筷子将几个菜点了个遍："你看看都是些什么呀？"

李白扫了眼饭桌：清炒蘑菇、蒜蓉菜心、西芹炒百合、拍黄瓜，全是素菜。李白不禁哦了一声，连忙拍拍脑门说："夫人息怒息怒。"说着就闪进厨房，打开冰箱，发现有一个鸡蛋，便煎了一个荷包蛋出来。他将鼻子凑上去，一嗅，眯住眼说："香，真香啊！"

李小龙说："我要鸡翅膀！"李白哄他说，"先清清肠胃，下顿补上。"李小龙做了个鬼脸，用筷子将荷包蛋挑破，对着金黄的蛋黄吐吐舌头，说他还是想吃肉。

李白摇摇头说："你这食肉兽就是不长肉，太令我羡慕了。"他的腰围正在横向发展，肚子也向前凸去，态势苗壮，所以对此他的警惕性很高。杨小薇动了动嘴，没说出话来，叹叹气端起碗。

李白拿起筷子，刚锁定盘中的一片百合，他的手机就响了。李白起身摸出手机，含糊地应答了一番。史红旗话不多，只是让他快到楼下等。杨小薇见他抬起屁股，早就不高兴了，拿筷子敲了敲菜碟，责备李小龙："吃饭就要有吃饭的样子。"其实这话是说给李白听的。

李白马上现出一脸的无奈，说："请假请假。"

"吃完再去。"

"史红旗在楼下等呢。"

杨小薇只好将后半截话随饭吞了下去。李白赶紧穿上鞋子，准备出门。

"腐败分子！"李小龙突然高声喊了句。

李白听了一愣，转过脸说："你胡说什么呀？"

"打倒大吃大喝的腐败分子！"李小龙高举右手，握拳喊道。

李白想解释什么，想想还是作罢，小屁孩懂什么呢？他用手指点点他说："你小子吃完饭赶紧做作业，"他说回来要检查的，"否则的话——"他没将后半截话说完，就将门拉上了。

李白没有拿手包，匆匆下楼上了史红旗的车子。

"什么事？"

史红旗笑笑说："吃饭呀。"

李白赶紧说他正在吃呢，问要不要尝尝他的手艺。

"约了人。"史红旗眼睛望着前面，边打方向盘边说道。

李白只好不做声，他是信贷部经理，吃饭或者说陪人吃喝，是他工作的一部分，他都习惯了。对现在的这种状况，当初李白是没有预料到的。这事你说它简单，它就简单，你说它荒谬，现在想想也觉得荒谬。

那天，临下班前，史红旗叫住李白，说一起走。

李白多嘴问了句："有事吧？"

"一起吃个饭。"

李白说："吃饭就免了吧。"他想早点回家。

史红旗说，要干好工作，首先要学会吃饭。李白想了半天，也没有领悟到这句话的深刻含义，他想不到工作和吃饭有什么联系，但还是跟他上车去了一家酒家，他是领导嘛，有些东西是需要学习的。

在包间里，史红旗边用湿毛巾擦手，边问他对新环境有什么想法。那时李白刚去 A 行不久，除了史红旗是旧朋友，其他同事是新的，环

境是全新的，新支行自然是全新的装修，窗明几净，环境看起来舒适无比，但上班时间依旧是很忙乱。

他是史红旗弄来的人，他看得出，同事对他的态度挺客气的，其余的，他没花心思去体会，也说不出更多的新异来。当听到史红旗这样的话，李白皱了皱眉头，回答说："还可以啊。"

菜是史红旗点的，都是些野菜类的素菜，山里货，这菌那菌的，没点儿肉星。李白饿了，由于没有多少油水，他使筷如剑，猛吃一会儿，还说："怎么不觉饱？"史红旗滔滔不绝地说话，他当然也没听进去多少。史红旗对他点的菜挺得意的，还问他："这菜有特色吧？"

"就是没肉。"李白抬起头，冒出一句这样的话。

史红旗笑了，说李白你落伍了，多吃植物纤维食物，有益健康啊。

李白说："没热量一天怎么撑下来呀？"

史红旗哈哈一笑，说吃饭是门学问，李白你要学习了。

李白没说什么，还是低头吃着，偶尔抬头问史红旗："什么时候成了美食家？"史红旗便使劲地卖弄他的美食经了，他提到的许多菜，李白知道，都是些从前农民拿来喂猪的，人是不吃的，即使那时候很穷，可现在都成了饭店的时尚菜。

史红旗突然转了话题，感慨起来，说真他妈的累！

"再累也没我累吧？"李白听了就笑。当时李白在结算科，由于是刚成立的支行，许多业务都是刚刚开展的，他又是个老员工，业务比较熟悉，所以除了干好自己的那份活儿外，他还得带带新员工。

"那就来信贷部吧！"

李白使的筷子停在了一根金针菇上。

"算帮帮我的忙吧，我快累死了。"

李白望住史红旗，没敢接他的话，虽然他们是朋友，但现在身份也挺特殊的，公私兼顾，关系微妙。李白不知道他说的是什么意思。

史红旗说已经将他的材料报上去了。

李白愣愣地望住他，还是没说话。

史红旗解释说："信贷部需要一个经理。"支行刚筹建时，史红旗兼任信贷部经理。

"这，行吗？"李白有点犹豫。

当时，史红旗只说了一句话："我说你行，你就行！"

李白饭局后回到家，和杨小薇一说，她自然也挺高兴的，对他的犹豫，她也说了句："他说你行你就行。"李白当时嘀咕了一句："你们说的话怎么都一样？"杨小薇追问谁说过这样的话。李白说："史红旗呀。"杨小薇说："看看，就你落伍，领导说你行，你就行！说你不行，就不行！"

当然，按程序，李白还是参加了行里搞的干部竞选，演讲水平一般，全没有了平常的那种幽默感，但那一套都是象征性的，是走过场，这李白知道，行里的员工也明白，所以大家也没有过多地计较。

没过多久，李白的任命就下来了，做了信贷部的经理。后来他才渐渐发觉，史红旗的话不错，吃饭就是工作，工作也是吃饭，两者不但不矛盾，还是不可缺少的。刚开始他还感到新鲜，也有点占小便宜的喜悦，也担心这样大吃大喝的，是否有点那个。当他拿了发票去给史红旗签字报销的时候，提出了自己的担心，可史红旗让他放心："钱嘛，你只要不往口袋里拿，你想吃多少就吃多少！"

但天天吃，这很快就成了一个问题，成了他的一个思想负担，以至于到了后来，一听说"吃饭"两个字，就本能地反胃心烦，但躲又躲不掉。后来听人说，吃素有益健康，不知道哪天起，他也突然热爱起素菜来了。

现在，李白有点奇怪，史红旗跟以往不同，一路上没和他谈工作，也没谈要去哪里吃，吃什么菜式，却伸手打开音响，并在柔和的音乐中，说起一些琐碎的往事，是他学生时代的趣事，"哎，现在只能回忆了。"他感慨起来。

史红旗特别提到一个同学，说他的个子挺高，有一米八左右，而他史红旗才一米六左右，两人走在一起挺惹眼的。他们特别要好，还一起表演过相声，很有夸张的逗乐效果，他们从小学中学一直到大学都是同学。

李白静静地听着，思绪在史红旗的叙述和柔和的音乐声中，轻轻地荡来荡去，偶尔还不忘插一句话："同学这么多年，这很难得。"史红旗说："那时真他妈的好玩！"然后他的叙述随车子的停下而打住了。

进了酒楼的包间，李白才恍然大悟，史红旗说的那个同学，就是他要引见的人。李白没想到，刚见面时，雷平阳竟有点腼腆，不过几杯酒下肚后，就变了个人似的，变得特别多话，从天上说到地下，说得眉飞色舞起来。李白也被感染了，也喝了几杯下去，但很快就说他不行了。

雷平阳却热情高涨，酒瓶又伸了过来，说再喝一杯。

李白将酒杯倒扣在桌子上，说他不行了。

"李白的风度哪去啦？"史红旗有点不高兴了。

李白脸色发白，说他真的不行了。

"我说你行，你就得行！"史红旗也喝红了眼，他接过酒瓶，喊了起来。

李白只好将酒杯竖正倒满，又喝了一杯。他的脑袋快要垂下去了，他只好顽强地挺住。

史红旗哈哈笑了，说这才像话嘛。

李白见他又要倒酒，努力睁开眼睛说："你们还是来段相声吧。"他想将话题转移到一些美好的事情上来。可雷平阳笑了起来："好汉不提当年勇！"他提议说："卡拉OK吧。"史红旗说："也好也好，不过得有伴唱。"雷平阳说："这简单。"

他出门一会儿，就领进来三个小姐，一个黑衣，披肩发，娇小玲珑；另一个穿红裙，短发，高大丰满；还有一个穿白裙子，剪了个齐肩发，有点刚出校门的样子，很是腼腆。

雷平阳好像对女人的耳朵比较感兴趣，他唱歌时，手指在黑衣女人的发丛中出没，老捏着黑衣的耳垂。史红旗唱了《夫妻双双把家还》，他对红裙的臀部情有独钟，他左手拿麦克风，右手喜欢在那个部位游走，轻轻地在上面打着拍子，而红裙好像怕痒似的扭动着身子，与他的身体摩擦起来。李白呢，则有点拘束，他坐在沙发上，目光却不禁也随那骚动的手指游移着。

　　那白裙子像不知所措的小白兔，低着头，眼睛不时闪现在发丛中，她在等着李白的举动。李白说不想唱歌，就和小姐聊了起来。李白脑袋发热，思维混乱，拿了话就问起来。

　　李白问她："哪里人？"

　　"北京。"

　　李白问："是刚毕业吗？"

　　"差三天就够三个月了。"

　　李白说："喜欢这里吗？"

　　"来了两个月了。"

　　李白"哦"了声，问几岁了？

　　"十八。"

　　一问一答完毕，李白就没话了，坐着看别人唱歌，看别人的手指，在女人的性感部位舞蹈。后来，他们唱累了，史红旗丢下麦克风，提议去洗头松骨，说也好醒醒酒。雷平阳说好啊。

　　一出门，雷平阳就问李白，你有病呀？

　　李白说："没事，就是有点累。"

　　"我看你是有病！"史红旗说。

　　"真的没病。"李白认真起来。

　　"真的没病？"

　　李白想了想，双手叉住腰部，说应该没什么事的，只是一喝酒，后腰那里，他用手用力一压那个部位，"就感到很累。"他说此时就很想

躺下来睡个觉。他扭了扭腰部。

雷平阳听他这么说，就笑着问他肾有没有问题。

"上次体检没说有事。"李白含糊着说。

史红旗含笑说："他是脑子有病！"

"你别胡说八道。"李白说道。

史红旗认真起来，说："没病？那花两百元找人聊天？"

李白张张口想争辩，想想还是算了。雷平阳见了，就眯着眼睛在笑。

他们去了一家名叫"标榜"的美发厅。李白被洗发小姐安顿在椅子上，还问要什么牌子的洗发水。李白扫了眼架子上的洗发水，他的眼睛被酒精烧得都有点模糊了。他胡乱一指说，花王，清凉的。

那小姐也就十七八岁模样，一边倒洗发水，一边问他，手势要重点还是轻点，说话期间，用手指抓李白的头发，让他确定力度。小姐的手指挠到他的后脑勺时，李白说："就这样就这样的力度。"然后将眼睛闭上。李白被小姐的十指轻轻一揉一抓，顿生困意，都快睡着了。

"老板在哪里发财？"

李白闭上眼睛，在黑暗中说："打工啊。"

"老板真会说笑。"小姐嘻嘻笑说。

李白没有出声。小姐又问他是哪里人。

"本地人，都是本地人嘛。"李白含糊地打哈哈。

小姐的手指滑溜溜的，在他的头上四处游走，让李白感觉十分的美妙，人也有点迷糊，但还挣扎着捕捉她的声音，所以他的眼睛时开时闭，后来，他瞥见那小姐光洁的小腿，在他的旁边晃来晃去。

李白突然想到了那些奔跑的马，那性感而生机勃勃的马腿。他闭上眼睛时，想象马儿奔跑时健美的动作，或跳跃时划出的优美的弧线。他突然有种苍老的感叹，自己不就是一匹奔跑的马吗？整天不停地奔跑着，逐草而居，当然，他是奔跑在城市里的马。

洗好头发后，又转移上了按摩床，李白已经像被大卸了八块，人都快散架了。

李白问了句："你们按时间分账吗？"

"与老板三七分账。"

李白"哦"了声，没说什么。这时他还隐约听到隔壁的声音，那是史红旗以及雷平阳和小姐的调情声浪。

那个小姐问："老板，干哪行呀？"

"地质队的。"史红旗笑嘻嘻地回答。

"出差？旅游？"

史红旗一本正经地说："找水资源。"

"来这儿找？"那小姐笑嘻嘻地问。

雷平阳诡秘地说："对哦，在你这里找啊。"

李白听到那个小姐"咯咯"地笑起来，她的笑声与雷平阳和史红旗的笑声纠缠在一起。他的心情一荡一荡地起伏，但最终还是抗不住疲倦，很快他就迷失了，跌进了黑暗中，什么也不知道了。

也不知道过了多久，他被一阵嘈杂的声音弄醒了，当他迷糊着被人塞进了一辆车子时，才打了个激灵，完全清醒过来。车厢里是漆黑一团，看不清四周的环境，但李白知道身边挤的都是人，有男的有女的，乱哄哄的，身体与身体的摩擦使温度升高，然后是酸腐的汗味在车厢里弥漫开来。

李白感到恶心，有种想呕吐的冲动，他拼命控制自己的意识，但最后还是哇的将胃里的货吐了出来。旁边的人都惊恐地躲闪着，车厢里顿时一片混乱。

李白挺起酥软的身子，惊恐地喊了几声："雷平阳？史红旗？"

但没有人答应他。李白听到他惊恐的声音，在人体和车厢内闷闷地回响。他的脑袋开始发胀，心跳随车子颠簸起伏起来。

好不容易熬到车门打开，李白和其他人一起，被一群联防队员赶进

了一间屋子，然后逐个被叫进旁边的一个房间问话。李白进去环顾四周，审问者的桌上有一部电话，可以和外面的人联系。李白发觉，其实说来说去也就是一个目的，要被审者交罚款走人。

那人问李白："有钱吗？"

李白对他的话不置可否，他今天出来没有带多少钱。那个人便指着电话示意说，打个电话吧。

李白说："打电话干吗？"

"叫人交罚款，滚蛋！"那人瞪眼吼了声。

李白听了觉得冤枉，觉得好笑，他说自己没有犯法，干吗要交罚款。

"没犯法？到那儿干吗了？"

李白理直气壮地说，洗头松骨。

"还干吗了？"

李白想了想，就说睡着了。

"和哪个小姐睡了？"那人笑眯眯地问他。

"你这人奇怪了，我和谁睡？我自己睡呀！"

那人正端起一杯茶喝，听了这话将茶水喷了一桌子。他指着李白对其他几个保安员大笑说："自己睡？他有病呀，跑到那地方睡觉？"他一拍桌子说："他妈的！什么睡觉，分明是嫖娼！就是花钱和那些'鸡'干了！说呀，花了多少钱？干了几个？干了几次？"

李白被他的话吓了一跳，他说："请你不要诬陷人，你说谁嫖娼啦？"

"你！"那人提高了声音。

李白说："你拿出证据来！"

"你不交？那就待拘留室去！"那人有点烦了，对他吼了一句。

李白怕了，他赶紧说单位的领导可以证明自己是清白的。他拿起手机拨号，通了却没有人接，连拨了许多次都那样。李白慌了，心想那两个家伙怕也被关了起来。

审问他的人却笑了，问他："怎么样？"李白有过一次类似的经验教训，心想这里不是人呆的地方，也无法和他们说清楚，秀才遇着兵，有理也说不清。还是出去再讨个说法吧。他思想斗争了一会，然后掏出了钱包，但现金只有三百块，除此之外，就是信用卡。李白一下子想不出办法来，只好赶紧找家里了。

电话是杨小薇接的，听声音有点生气，问他："到底回不回家？"

"快带钱来救我！"李白慌不择言。

杨小薇一听也慌了，问他是不是被人绑架了。

"不是，在派出所。"李白赶紧说。

"出什么事了？"

李白发火了，让她别啰嗦了，马上赶过来。

杨小薇打车子赶来交了罚款。她一出派出所的大门，挥手就给了李白一个耳光。李白怒气冲冲，摸着脸问她："你发什么疯？"杨小薇气得全身发抖，指着手上的收据问李白，上面写的是什么？"嫖娼罚款！"李白捂住脸，说史红旗可以证明自己是清白的。他又掏出手机拨号，这次竟然通了。

史红旗问李白在哪里，怎么不见人了。

李白气急败坏地说："他妈的你们跑哪儿去了？我给你们害惨了！"

史红旗和雷平阳赶过来后，听李白将事情的来龙去脉这么一说，都笑得捂住肚子在地上打转，很有夸张的效果。过了一会儿，他们看见杨小薇黑着脸，才止住大笑做解释。

史红旗说："李白绝对绝对，是个思想纯洁的同志。"他怎么会干这种事呢？他以朋友和领导的身份，担保李白是清白的。

杨小薇没好气地说："你们同穿一条裤子。"

史红旗接着解释说，他们松完骨，见李白还没做完，可他们酒瘾又犯了，便让收银台的小姐转告李白，他们去二十米外的"零点"酒吧

等他。没想到会出这样的事。杨小薇黑着脸，半信半疑地听着史红旗做解释，并不做声。

李白气得满脸涨红，问史红旗为什么不接他的电话。

史红旗说："你不要冤枉好人嘛，你没打过来呀。"他从手包里掏出手机给李白看。

李白按了未接的呼入号码功能键，一看就喊了起来，说："这不接到了吗？"

史红旗说："可能酒吧里面太嘈杂了，又放在包里，没听到响铃。"

杨小薇拉下脸，说回家吧，别站在这里丢人现眼了。

回去的路上，李白和杨小薇坐在后排，一路没话。雷平阳坐在副驾驶座，和史红旗有一搭没一搭地聊，好像是在说什么娱乐公司的事。

史红旗先将雷平阳送到新雅花园大门口，车子才继续往李白住的小区驶去。接下来的这段路，都是史红旗说话，无非是谈现在银行的工作如何难做，做男人如何辛苦，李白又是如何的纯洁，还提到他刚才在包间花了二百元请小姐聊天的笑话，等等，这些都是说给杨小薇听的。李白只是打哈哈附和。

杨小薇默默地听着，临下车时丢下一句话，说："史红旗，你可别将我们家李白带坏了。"

"嫂子这是什么话呀，我会害兄弟吗？"史红旗笑着说道。

李白也说："是呀是呀，怎么会呢？"

杨小薇白了他一眼说："你少放屁！"扭头就先走了。

"真没干呀？"史红旗叫住正要下车的李白，小声问他。

李白的害怕已经过去了，他骂了句："妈的，连你也那样想！"

"妈的，浪费资源。"史红旗又笑出了声。

李白上楼将门铃按了很久，杨小薇没给他开门，他只好掏出钥匙，将门锁捅开，然后小心翼翼地进了门，将拖鞋换上。

杨小薇坐在沙发上发呆，脸部表情严肃。李白赶紧走过去，扶住她的肩膀。

杨小薇马上将他的手打掉，说："不要碰我！"

李白表白说："我真没干！"见她不理睬自己，他又重复了一遍，说自己真的没干，要她相信自己。他说自己怎么会那样傻呢，家里还有个好老婆呢，他是这么总结自己的理由的。

杨小薇说："去洗澡！"

折腾了一夜，李白是有点累了，听到这话，赶紧进了浴室。李白出来后，见杨小薇还坐在沙发上，就认真地说想和她说个事。杨小薇的眉头动了动。李白一看，马上就腻了过去，一本正经地表白说："我对你的爱，就像存进银行的钱，天天在不断地长利息呢。"

"你还放贷款呢，烂账一堆，别说利息，本金能收回就不错了！"杨小薇躲开了他。

李白登时没话了，过了一会儿，才敢上前搭话。

"你别过来！"杨小薇还板着脸。

李白一脸的诚恳，说他已经洗过了。

杨小薇还是那句话："洗得干净吗？"

李白在旁边站着直发愣，杨小薇也没正眼看他，他只好没趣地进了卧室。躺在床上，他两眼发直。过了好一会儿，他打开那本《鹿鼎记》胡乱翻了起来，却怎么也看不进去。他的耳朵在听着外面的动静。

过了好一会儿，他听见杨小薇进了浴室，他终于松了一口气。杨小薇进来后，躺在床的另一边，卷了毛毯背对着他。李白丢开书本，伸手去扳她的身子，杨小薇回手照他的大腿狠狠地打了一拳，疼得他"嘶嘶"地呵气，喊了句："疼死了！"

第 2 章：娱乐城

　　李白看见李清照，竟然有点愕然，转而亢奋得有点慌神，好一会儿不知道说什么好。因为中午和客户喝了点酒，脑袋还昏昏沉沉的，老想打瞌睡，他刚去洗手间洗了一把脸回来，人还没有完全清醒过来。

　　李清照穿着一身白色的西装，怀抱着一个文件袋，在门口站着，真是亭亭玉立。李白也觉得，用这几个字来形容，是最恰当的。她笑眯眯地问他："就让我这么站着呀？"李白不好意思起来，慌乱地望了眼四周，指着沙发说："坐，坐。"李清照赶紧将手上的文件袋放下，然后和他并排坐了下来。李白倒了杯水给她，心才稍定点，脸上的笑容放开了。

　　李白小声问："终于想到我了？"

　　"怎么会是你呀？"

　　李白打了个哈哈，说："看来我表错情啦？"

　　"没想到是你呀。"李清照赶紧说。

　　他们已经有几年没有联络了，都不知道彼此的情况，却想不到在这里见面。李白问起旧单位的情况。李清照说，来了不少新人，也走了不少旧人。办公室与保卫科合并了，唐大钟不做科长了，成了保卫干事；结算科的黄姐病退了，肝有问题；小董病休了，颈椎有毛病，总头晕，脑部供血不足，上班晕倒过几次，只好申请内退；其余的人呼吸系统三天两头出毛病，不是感冒就是发烧，可能是营业大厅的空气质量差吧，所以人手总是短缺。

李清照说情况大概就是这样。李白拿眼看住她问："那你呢?"李清照说到这里就打住了，说她是提早内退了，工资拿七成。李白感叹说："还是你舒服啊，在为自己活。"李清照转脸对他一笑，说，就是没钱啊，又说了句："还是你好啊。"李白苦笑说："彼此彼此。"

李白给李清照续了一杯水，问她怎么不给他电话。

李清照说："没你号码呀。"

李白说："通讯录上不是有吗?"

"给你打过一次电话，但你家那位好像警惕性很高啊!"

李白是没给她留过现在这单位的电话，通讯录上的只是他家的，后来还改了号。他只好"嘿嘿"笑着掩饰尴尬，将话题转开，问她今天怎么会来这里。

李清照这才想起此行的目的，笑眯眯地说找他借钱来了。李白赶紧问是否家里出事了，李清照装做不高兴地说："你怎么想我家里出事呀?"李白有点尴尬，说不是那意思，只是——他将话头打住。李清照淡淡一笑说："日子总是要过的嘛。"她解释自己现在一家公司做财务。

李白"哦"了一声，有点不好意思，他低了低头，就在那一瞬间，他瞥见李清照穿一双白色的高跟凉鞋。他和她同事那么多年，他都没见过她穿凉鞋，因为上班时间是不允许穿凉鞋的。此时，李清照那十只白嫩可爱的脚趾，在高跟鞋里蠢蠢欲动，让李白一时有种惊艳的感觉。他赶紧将眼睛移开，抬头看一眼她的头发。李清照将长发梳成了一个发髻，整个人更显得成熟而端庄，李白的脑海里又闪过她多年前那把飘逸的长发。

李白听她那么说，就"哦"了声，明白她是来办贷款的，于是他提起的心又落下去了。李清照说她去过史行长的办公室了，他让她去找信贷部经理："没想到是李白你。"她浅笑着看他一眼。

"怎么，用史行长来压我呀？"李白故做不高兴的样子。

其实，要是换了别的公司这样做，李白的确是会不高兴的，但今天他没有，只是和李清照开玩笑。

李清照笑笑说："你怎么还是那么敏感呀？我们老总叮嘱的嘛。"

"你们老总是谁？"

"雷平阳。"

李白"哦"了一声，说："你在皇朝娱乐城呀？"

"你知道我在这公司啊？"李清照有点惊讶。

李白说没有，只是见过雷平阳，当时公司还在筹办呢。李清照恍然大悟，松了一口气似的，说这下好了，省得我绕圈子。她将沙发上的文件袋打开，拿出公司的有关资料：营业执照、贷款证、财务报表、雷平阳和她的名片，等等。准备的资料应该说是很齐全的。

李白大致翻了翻，说："雷平阳请你物有所值啊。"

"至少我对银行业务了解嘛。"李清照抬腕看了眼手表，说我们还是到公司再聊吧，她说自己此行是来接李白去公司做实地考察的。

李白起身收拾他的手包，有点犹豫地问："晚上赏脸吃个饭？"

"好啊。"李清照莞尔一笑说。

她的话让李白心里一荡，仿佛坐在荡起的秋千上，一上一下地飘了起来。

到了皇朝娱乐城，雷平阳还没来。李清照解释说，他天天晚上都工作到凌晨，白天基本上用来睡觉。李清照先带李白去各处参观设施，说白了就是看看固定资产。

李白转了一圈，心里有个大致的感觉。整个装修很棒，大厅进门是一面屏风，大玻璃浮雕画，彩色的古代裸体仕女，但给人的感觉，气息却是现代的，带点色情的意味。舞厅有十几个卡座，舞台灯光等演出设备是一流的，楼上还有几十个大包间，里面配备了大屏幕投影，唱卡拉OK 的效果特棒。

李清照说，光这些设备就投资了几千万，在本市应该说是最具规模的。现在公司刚开业不久，因为固定资产投资大，所以手头的流动资金有缺口。李白听了介绍，就开玩笑地对李清照说："在这儿上班比银行舒服多了吧？"李清照说："你上班还不是出去东游西逛，吃喝玩乐。"

李白叹口气说："你知道我是什么人的。"

"人可以变的嘛。"她调侃他道。

李白抽空上了趟洗手间，然后站在里面给杨小薇打了一个电话。李白问杨小薇在忙什么，杨小薇一听他的声音，就没好气地说："晚上又是我们自己吃吧？"李白只好坦白，说晚上有个饭局。杨小薇听了没吭声。李白说一完就立马回去。杨小薇还是没有说什么，李白只好先挂了。

李白出来后，和李清照又聊了一会。期间，李清照走开，打了几个电话，回来说："雷总有点事，晚点才能赶过来。"后来，李白看看手表，说："今天这儿的事情就完了，我们走吧。"李清照说："急什么呀，还没下班呢。"李白说："那我们就聊到下班时间吧。"又问她想吃什么。李清照一脸的诡秘，说她早点好了。李白有点不明白地望着她，但她并没做说明，净扯些别的事。

雷平阳是快5点钟才赶回来的，带着一股风进来。他握住李白的手，说抱歉抱歉，有点事去外面跑了一圈。李白握住他的手说："李清照带我看过了，你有事就忙去吧，我们走了。"雷平阳拦住他说："晚上就在这里简单吃点。"李白看了一眼李清照，说："不了不了，我有个饭局。"李清照也回了他一个眼神，但有点暧昧，李白没弄明白。

雷平阳说给个面子，史红旗下班就过来，他让你在这儿等他。李白听了有点不高兴，但他还是没说什么，却耐下性子，听雷平阳谈公司的经营现状和思路。雷平阳说他正在筹办一个名人俱乐部，皇朝娱乐城免费出场地，定期在这里举办某个主题沙龙，会员轮流做主持，这样既可以广泛联络本市大企业的老总，又可以给公司带来营业额，他们的消费

能力还是很强的。

雷平阳说广交朋友，收集信息，这是他筹办名人俱乐部的一个重要宗旨，若干年后，这批沙龙会员肯定会成为可以互相提携的朋友。雷平阳问李白对这个设想有什么意见。李白说很棒，很有商业价值。后来，一个服务员进来说有人找，雷平阳就出去了。李白拿出手机，想给史红旗打个电话请假。

"雷总要我请你吃饭。"李清照小声说。

李白望住她的眼睛，一会儿才说："原来你早有阴谋。"

李清照笑眯眯地看着他。李白也只好手一摊，做了个无奈状，坐在沙发上，与李清照边聊边等史红旗到来。史红旗快7点钟才到。他们晚餐吃的是西餐，说这样省心省力，方便些。大家叫的都是水果沙拉，当然还有红酒。

李清照吃着水果块问："你们都在减肥吗？"

"中午的还没有消化嘛。"李白接着她的话说。

史红旗指着李白，问李清照："今天李经理没刁难你吧？"李清照在雷平阳的劝说下喝了点酒，脸已经灿若桃花，她笑眯眯地回话说："李经理还是蛮顾及旧情的嘛。"史红旗听了眉头一飞，笑了："哦，还有过一段故事呀？"李白赶紧表白说："没有没有。"只是他们以前是同事。

雷平阳说没听李清照说过啊。

李清照说："之前我也不知道要找的人就是李白。"

"有缘有缘啊。"史红旗和雷平阳都哈哈笑了起来，边说边端起酒杯，说干了干了。雷平阳还笑嘻嘻地问："等会儿你们有兴致聊天，给你们单独开个包间？"

李清照和李白脸烧了起来。

大家在说笑中吃完了这顿晚餐。李白突然想回去了，他也说不清楚，为什么会有这念头。也许之前他对这一顿晚餐，设想得是挺浪漫的。餐桌上只有两个人，在淡淡的灯光下，慢慢地品尝着杯中的红酒、盘中的美食，有一搭没一搭地说话。大家要么心照不宣，要么若有所思地猜度对方的心思，或者看对方的脸上，红潮起起落落，就像两个坐在逝川上把酒谈心的男女，看着太阳升起，又落下。李白对这顿晚餐可能期望太高了，可是没想到是这样的一种场面，而且因为有其他人在场，说话也挺放不开的。

李白说他想先走。

雷平阳听了一愣，说等会儿有一场时装表演。

"走什么走，都留下，家里的美人啥时没机会看？"史红旗剔着牙说。

雷平阳也赶紧使眼色，说这么久没见面，多聊会吧。

"也就半个小时，给提点意见。"李清照说。

李白没再吭气，心想来都来了，就看完再走吧。

他们从西餐厅出来，就听见音乐在演出大厅爆炸，声浪震耳欲聋，一浪又一浪地扑过来，灯光也在闪烁，像刀子一样割过来，又割过去，黑暗被割开一道道的口子。李白跟着服务员，努力分开频频合拢的黑暗，来到预先留出的卡座坐了。

李白朝四周张望了一圈，发觉已经有七八个卡座坐了人，上座率还算可以。突然，灯光不再闪烁了，侧面追光灯打出的光圈罩住了舞台的侧门，舞台前方的地面突然喷出了一股旱冰雾。李白嗅到了一股夹杂着香水的味道，他的心咚咚地打起鼓来。

时装模特穿着各种服装，依次从那个小侧门出场，追光灯马上罩住了她们的脸和身体。她们脚踩着爆炸的音乐鼓点，走着猫步，就像一只只性感的猫，在某幢高楼的天台上，小心翼翼，性感又夸张地扭动着修长的腿、柔软的腰肢，带着一副冷若冰霜的表情。

李白说："真高挑。"

"大连的。"雷平阳说。

史红旗说那儿的服装很有名。

这时一个穿白旗袍的模特进场了，身材挺丰满。见惯了骨感美人，李白这时不禁眼前一亮。李白喜欢女人穿旗袍，认为有一种优雅的韵味，他想起李清照走路的模样，胜似"闲庭信步"，他心里突然感慨起来。李白转过头对李清照说："你穿一定很好看的！"李清照笑而不语，喝了口杯中的橙汁。另一个模特出场了，她穿着一件纱质裙子，质地透明，走起猫步来摇曳生姿。

这时，雷平阳诡秘地压低声音，对李白说："想不想带出去？"

李白顿时脸烧起来，他假装没有听见，在黑暗中用力地喘了口气，他感到肚子下面，有种肿胀的感觉，有一堆火在下面烧起来，李白感到身体里的血烧起来，沿血管膨胀着在全身游走。

雷平阳又扭过头，"肯定是白色的。"低声对史红旗说。

"红色的，一百块？"史红旗也一脸的坏笑。

那个模特走到他们的卡座前面，一束追光扫过来，罩住模特，快到舞台的边沿，她就边走边掀掉身上的衣物，很快身上就一览无余了，她穿的三角裤是红色的，胸罩是黑色的。史红旗哈哈地笑起来，将手伸出来，雷平阳掏出一百块给他。

"你们搞什么？"

史红旗嘻嘻笑着说："不告诉你，免得你学坏了，嫂子要杀了我。"

李白虽然不知道他们说什么，但也猜度到里面的色情意味，所以有点尴尬，他知道自己不该问。他感到喉咙有点痒，伸着脖子，咳嗽几声，然后喝了口手中的椰汁，继续看演出。他抬腕看了看手表，已经是9点钟。他知道演出快结束了，此时他竟然有点依依不舍了。

李白突然扭头问："常看表演吗？"

"就今晚。"李清照说。

李白有点半信半疑地看着她。

"这里是属于男人的！"

看了一会儿，李白突然自顾自地笑出声。李清照问他有什么好笑的事。李白凑近她的耳边，有点诡秘地说："刚有个新发现。"李清照问他是什么。李白说，模特家里不用买空调。李清照问他为什么。李白吃吃地笑，让她看模特的脸，"那么冷若冰霜，夏天肯定很凉快！"李清照被逗得忍不住咯咯笑着说："你呀总有怪念头！"

史红旗问："你们笑什么呀？"

"不告诉你们，省得你们学坏了。"李白满脸诡秘地说。

时装表演结束后，接着是驻场歌手的演唱。雷平阳问："想不想唱卡拉 OK？"李白说："今天就算了吧。"他在史红旗面前总是放不开，他只想和李清照独处聊天，李清照也说："改天吧。"史红旗可能与雷平阳有话要谈，也顺势说："那今天就到此吧。"他说完就和雷平阳到办公室去了。

李白收拾起手包说："我送你吧。"李清照没说什么，跟着他朝停车场走。

上了车，等到真的与李清照独处了，李白却不知道说什么好了。他默默地打着方向盘，朝李清照的住处开去。开了好一段路，李白才突然找到话，他想到一件事，就问她是否喜欢数字。李清照不明白他为什么这样问，李白于是问她为什么还会去干财务工作，"这多没意思呀。"

李清照说："有什么办法呢，去应聘时，人家一看你在银行干过，自然将你搁那儿去啊。你不也还干这行吗？"

李白叹气说："我没本事，就混碗饭吃。"

"彼此彼此。"

"其实你的生活真令人羡慕。"李白突然笑了。

"还不是和数字打交道，有什么值得羡慕的？"

李白笑嘻嘻地说："歌舞升平啊。"

"你们男人可能喜欢过这样的生活吧？"

李白赶紧表白说："也不是人人都喜欢。"

　　一路说笑，很快就到了李清照住的小区。李白突然想起一些前尘旧事，多年前的某个夜晚，他也是将她送到某个路口的情景，便有点感慨起来。那时候是散步走路过去的，当然，后来他记得，也有过用自行车的，现在是用小车，形式不同了，但送的还是同一个人。

　　下车前，听到李白的叹息声，李清照笑了笑，问李白经常这么晚回家，是不是老被夫人审问。李白愣了一下，先是打哈哈，后来又调皮地回敬她："你经常被人这样审问吗？"他还学着某个人的口气，"你干吗不接电话？"质问李清照，"还去了哪儿？"也追问她的行踪。李清照没接他的话茬，一边笑着一边开门下车。

　　李白问她："还打牌吧？"

　　李清照也问他："还看武侠小说啊？"

第3章：牌 局

周一下午，照例是信贷部每周一次的例会。

李白和信贷员陆续进了会议室，然后打开文件夹学习文件，布置任务。各个信贷员也做了发言，汇报自己所管公司的情况，跟着就大发牢骚，说某某贸易公司的老总真狡猾，某某公司的财务做假账，等等，将工作中的经验教训，某某猫腻，都揭露出来，让大家互相学习，加以提防和注意，整个会议室的气氛霎时热闹起来。

后来，史红旗的电话打过来了，他说等一会儿也要参加。李白放下手机，对坐在会议室的信贷员说："行长 3 点钟过来。"大家的脸紧了紧，气氛有点收敛了。

李白将文件学习完，正准备布置任务，史红旗也到会了。一把坐在李白的身边，说他还有事，就先讲了，随即就做了发言。大家都一本正经地紧绷着脸听，还不时记着笔记。李白边听边不时在笔记本上记上几笔，以示态度认真。

史红旗对上一个季度的信贷工作做了总结后，又对下一个季度的工作重点做了阐述，用他的话来讲，就是内容简单，但任务艰巨。

"一是存贷款的绝对比率，要达到百分之二十五或以上；二是贷款的逾期率，要在上一个季度的基础上，下降两个百分点；三是新增加的贷款不能出现逾期不还。"他还强调说，"所有信贷员要与支行签定责

任书，没有讨价还价的余地。"

史红旗说："我代表支行与分行签了责任书，所以支行也与你们信贷员签定责任书。任务层层分解下去，包干到人。完不成任务，季末考核不能达标的，按规定处罚。"

史红旗滔滔不绝地说，声音高亢洪亮，起伏跌宕，在会议室来回滚动，压过笔写在本子上的沙沙声、偶尔响起的椅子挪动的声音或者咳嗽声。史红旗拿着茶杯，越说越起劲，说到生动处，他就眉飞色舞起来，还故意卖个关子，打住不说，拿了茶杯喝一口，然后悠闲地望大家一眼，再接着讲下去。

史红旗有时扭头时，就将唾星溅到李白的脸上。李白只好用假动作偷偷擦去，心里想，看来史红旗在机关练就的那套本领，放到哪里都适用，他不但喜欢开会，而且一讲起话来，不用稿子也能讲一两个小时。

史红旗将头转来转去，问："你们有什么想法？"

"人民银行不是严禁搞包干到人这种做法吗？"信贷员小周有点犹豫，小声问道。

史红旗说有什么办法呢，"上有政策，下有对策嘛。"他说现在竞争这么激烈，不进则退，各家银行只得各显神通了，大家都在阳奉阴违。

大家就都不说了，知道说了也是白说，于是就将头低着，用笔在本子上画圆圈。

史红旗环视了一下会议室，突然笑着问了一个问题："你们选择客户和放款时，遵循什么原则？"五个信贷员各自阐述了自己的观点，无非是说根据我行的某号文件，某项规章制度来操作做。李白也谈了自己的看法。

史红旗笑着说："说得太复杂了，简单点。"

大家的脸松开点，但还是你看我，我看你，没有人说话，也不敢看史红旗，生怕他让自己回答。

"这样吧，大家听听行长的高见吧。"李白就笑笑说。

史红旗说话了："嫌贫爱富！"

李白不禁也要为他这话叫绝，说得的确是言简意赅，击中要害，真他妈的精辟和形象。他笑嘻嘻地说："这话够经典的，干脆将这话裱了，挂在公司的墙上得了。"大家听了这话，也笑着起哄，哗哗地拍了拍巴掌，气氛活跃了起来。

史红旗听了，有点洋洋得意，摆摆手接着说，遵循这个原则，什么指标都可以完成。我们要将主要的精力，都放在抓大客户上。在控制成本的前提下，要将有限的资源，投放在经营有效益，产品有市场的客户身上，俗话说，瘦死的骆驼比马大嘛。简单点儿说，就是"二八原则"，我们的效益，主要是那百分之二十的大客户创造的，我们的服务重点，就放在部分客户身上。

"大家还有什么想法？"史红旗说到这里就打住了。

大家赶紧异口同声地说："没了没了！"

"李经理还有什么要说？"史红旗又问道。

李白赶紧说："刚才史行长将该说的都说了，我没什么要补充了。"

史红旗让李白将收好的责任书交给他，然后说："有什么想法，就找李经理谈，大家尽力吧。"他正要起身，突然又想起一件事来，他重新坐下。其他人刚起来半个身子，也随他坐下了。

史红旗咳嗽了几声，大家都拿眼睛望着他。史红旗说他听到一些反映，个别的信贷员，拿发票去公司报销。他边说边拿眼睛四周一扫。信贷员们都假装在本子上做记录，没有谁的目光敢和他的目光对视。

史红旗口气和缓了一些，说："什么都要适可而止，不要搞到我这里来，明白吗？"说完他脸上的严肃散去，换上笑容宣布散会。他离开前，碰碰李白的肩膀说："下班等我。"

回到办公室，李白看着桌上成堆的文件，有点心烦。这些文件，就像是等待关怀的小孩在等爸爸的关注。他拍了拍那堆文件，按时间顺序

抽出来，心不在焉地翻看着，完了在上面盖上自己的私章，以示自己翻阅过了。

上级行来的文件，像是秋天的落叶或冬天的雪片，每天哗哗地落满他的桌子，让他感到一阵紧过一阵的肃杀气氛，也像是给他念的紧箍咒。他一看见办公室搞文件签收的小黄就心烦，她每次都捧了一叠文件进来，放下的时候，不忘叮嘱一句："签字。"以示文件签收手续完毕。

李白有时也挺惊讶的，怎么会有那么多的文件下来！后来，一想也明白了：上级行有那么多的科室、处室，文件的多寡，也就说明了那个部门或处室都干了什么工作。为了有成绩，自然就会产生这么多的文件垃圾。

李白在走神中批阅了许多文件，也审阅签署了几份贷款报告，期间，也接了几个客户的电话，还婉拒了几个饭局的预约电话，一个下午就过去了。

李白看了眼手表，时针指向6点钟，几个信贷员都走了，史红旗还没有出现。李白转去他的办公室门口晃了晃，门是紧关着的，敲门没反应。他只好打了史红旗的手机，不通，语音提示说暂时无法联系。好不容易打通了，史红旗说正在路上，然后就挂了。

李白有点烦躁，他不知道史红旗找他什么事。等李白又接到他的手机，就听他笑嘻嘻地说："到你老情人那里碰头。"李白一时没明白过来，问道："你又胡说什么呀？"史红旗说："竟然把人家给忘了，她要伤心的。"李白没心情跟他开玩笑，有点不耐烦了，但他还是耐住性子问到底在哪里碰头。

"去李清照那儿。"

李白一听，好像被人发现了秘密一样，两颊马上就烧起来。当然这没有被谁发现，办公室里就他一个人。他敢肯定自己和李清照之间的事情，他除了说过和李清照是同事外，没有和史红旗谈过任何有关的情况，他不知道史红旗为什么会这样说。

李白问："有什么事？"

"公事。"

李白定了定神，给杨小薇打了个电话，支吾一番，才说晚饭不回去吃。杨小薇听了，没好气地说："你爱怎么着就怎么着吧！"说完就挂了。李白傻傻地愣了好一会儿，才闷闷不乐地离开办公室，开车到了皇朝娱乐城。

李清照一见他就说："你的脸色很难看啊。"

"晚上睡不好啊。"李白笑着掩饰道。

李清照一笑："烦什么呀？"她随口问道。

史红旗这时进了包间，笑呵呵地说："他犯病啦。"

"犯病？"

史红旗说："单相思。"

"哪个这么有魅力啊？"

史红旗大笑，使使眼色，说："现在是药到病除。"

"他呀，要想也想青春少女。"李清照明白过来。

李白偷偷瞥了瞥李清照，她有点变化了，那就是有点双下巴，毕竟都三十五岁了，但人真的没什么大的变化。看来她很会保养，连皮肤还那么富有光泽，看上去还是那样秀气端庄。

李白打哈哈说："什么病啊，都是你下的任务给害的。"

"没办法没办法，大家都是身不由己。"史红旗说道。

李白小声问史红旗找他有什么事。

"就吃个饭。"

李白不再说什么了，他不想又听史红旗说那句经典的话，什么吃饭是为了工作，娱乐也是为了工作，可以说一切都是为了工作。"他妈的，什么都是为了工作，就没有为了自己。"他不只一次在心里骂过。

雷平阳进来不久，他们点的菜就上桌了。席间，雷平阳谈兴很浓，谈公司这段时间的经营状况，也谈了名人俱乐部搞的主题沙龙，还谈了

他一次西北之行所见的奇闻趣事。

他说没想到那里的人那么穷，"他妈的，简直就跟解放前没什么大的区别。"李白显得有点心不在焉，他喝点红酒，听着这些或近或远的人和事，在自己耳边绕来绕去，偶尔随大家笑笑或附和几声。

李白没什么食欲，他注意到李清照端起酒杯的手。对了，那双手和酒杯，看起来就像软瓷缠绕上了硬瓷，一种软绵绵的力量缠绕上了一件冷冰冰的物件，也似赋予了酒杯生命。李白看得有点呆了，竟然错过了雷平阳的一个笑话，当时大家都笑了，就他一个没笑，回过神后，他补笑了一下。

期间，有个部长拿了张单子进来，说客人要打折。雷平阳拿过去一看，有点火了："你就不能自己处理？说我不在？"那个部长挨过训后闷声出去了。史红旗问他干吗发那么大火。雷平阳说："妈的，都这么打折，我还怎么做啊？我这里又不是慈善机构！算了算了，不谈这些鸡毛事。"后来，他喝多了酒，就忍不住又主动聊起各路人马想来这里占点便宜的烦心事。

饭后，史红旗提议："出去喝茶吧？"

"好啊，有利于消化。"雷平阳同意。

李白说想回去了。

史红旗看了看表说："还早嘛。"

李白只好不再说什么了，他不明白史红旗为什么不呆在皇朝里玩，突然又改了主意，毕竟在皇朝玩，雷平阳是可以签单的。不过他也懒得问，只是跟着他们走。

他们去了一家"有茗堂"茶馆。史红旗站在门口，指着那几个字就笑了，说这名字起得不错，"进去看看，会有什么名堂呢？"雷平阳说："那就进去看看吧。"

进门就看见大厅里已经有几桌的人了，有聊天的，有打牌的，还有下棋的，蛮热闹的。史红旗问："不错吧？"李白却感到不对劲，气氛有点滑稽，和他理想中的茶馆是两码事。但他也懒得说什么，只是说："好好。"

他们上楼要了一间包厢。一个小姐进来，架好麻将桌，拿出一副麻将。史红旗兴奋地搓着手，又将手指交叉在一起活动，扭得嘎嘎作响。

李白赶紧说："我不会啊。"

李清照也说她不会。

史红旗一脸的遗憾："有扑克牌吗？"他对小姐说道。

小姐出去拿了一副扑克牌回来。

史红旗说："那我们打牌吧？"

"也好，打牌！"雷平阳说。

其实李白知道他喜欢玩的是麻将，心想改玩牌他一定挺痛苦的。

李白说："就喝茶吧。"

"茶要喝，牌要打！"史红旗说。

雷平阳也说："难得有此雅兴，就玩玩吧。"

"也好，好久没玩了。"李清照看了李白一眼。

李白只好坐在桌边。李白以为要打对家的，就说要和李清照搭档。但雷平阳却说："银行对企业吧。"史红旗也说这主意好。李白说："友谊第一，比赛第二吧。"史红旗赶紧更正说："不对，应该是比赛第一，友谊第二！我们为各自的荣誉而战吧，一局一百元。"听他这么一说，李白有点紧张，因为他没带多少钱在身上，他说自己身上没有多少钱。

"贴纸胡子算了吧。"李白提议。

史红旗笑他："都给嫂子没收了？"

"用光了没取。"李白有点窘。

史红旗说："打斋牌没劲。"

"就是就是。"雷平阳也附和道。

这让李白有点为难，就说："那，玩掉口袋的那五百块算了。"

这时，雷平阳想出了办法，说："好办，先记账，以后结算。"李白就不好说话了，看了一眼李清照。她没说什么话，只是将牌洗好，然后给大家发牌。

史红旗出牌果断，充满自信，他看一眼桌上的牌，然后抽出手上的牌，喜欢用力一摔，牌打在桌上的牌上，很响亮地"啪"一声，盖了上去，有时候用力过度的话，牌就飞出桌面了。

通常这时候，他自得地望大家一眼，就像他开会发言后，环视一眼，看看大家的反应。当然，对他打出的牌，雷平阳也很用力地回敬，尽管总是功亏一篑，但他从不气馁。

李白有点奇怪，他每次拿到手的牌一般，但总在关键的时候，上家的李清照，或下家的雷平阳，总打出一手很臭的牌，让他赢了，让史红旗赢了。李白甚至觉得，有好几局赢得莫名其妙。

几局打下来，他瞥了眼桌上的记录纸，他有点吃惊，他的名字边上，已经有几个完整的"正"字了，说明他收获不小。当然，真正的大赢家是史红旗，他的胜算是十局只输掉两局。最大的输家是雷平阳，其次是李清照。

李白开始有点为李清照担心，以为她会很不开心。但观察了一会儿，李白发觉他的担心是多余的，李清照神态自若，他也就释然了。李清照总是不紧不慢地洗牌、发牌、出牌，间或也回李白一个似笑非笑的眼神。

这当中李白一时恍惚，又想起了多年前，他与李清照做对家的那次牌局。他一走神，又输了一局，但紧接着又在下一局扳回。后来不知道怎么搞的，慢慢地李白竟然也心安理得地打下去了。

牌局进行到大概2点钟的时候，外面突然乱哄哄起来，声音从楼下向楼上滚上来，跟着就有一个警察领了一群保安员进来。一屋子的人登时愣住了，拿了牌问出了什么事。

那个领头的保安员一挥手，喝住了史红旗，让他放下手中的牌。

史红旗问："想干什么?"

"你们在干吗?"那个保安员反问他。

雷平阳说打牌啊。

那个警察一挥手,说:"带回所里说清楚。"

"打牌也犯法吗?"史红旗不以为然。

那个警察说:"聚众赌博就是犯法。"

李白心想这下完了,不过有史红旗在,所以他没像上次那么紧张,只是尾随他们走。

到了派出所,那个警察要他们承认赌博,还拿出一份文件让他们签字,说签了就可以交钱走人。史红旗像看文件那么认真地看了看那份东西,然后说:"这样的文件我们不能签字。"那个警察问他为什么。

史红旗说:"我们只是打牌,不是赌博。"

"是啊,这是两件不同性质的事。"雷平阳也说。

李清照也说:"宪法哪条规定不能打牌的?"

史红旗坐在椅子上,仰头问那警察:"你知道什么是聚众赌博吗?要有几个条件才能成立的,一要有赌资,二要有庄家,三要达到一定金额以上,只有满足了这几个条件,才可以说是聚众赌博。"

那个警察听了,恼怒地瞪大眼睛说:"签字就可以走,不签字就不能走!"

"你这是哪门子王法呀?"李白有点不高兴了。

雷平阳拿出手机,拨了个号码,然后就和那边说开了。

过了一会儿,那个警察桌上的电话响了。他拿话筒听了一会儿,李白看见他的脸色由严肃变得松弛,再到认真。接听完电话,那个警察笑嘻嘻地走到他们跟前说:"不好意思,是一场误会。"雷平阳玩弄着手上的手机,听了这话也顺势说:"算了算了,一场误会。"

那警察将他们送出门时,又握住史红旗的手,连说了几次对不起,还说要请他们几个去吃夜宵。雷平阳婉拒了,还拍拍他的肩膀说,不用了,别客气,你们也辛苦了。

到了停车场，李白以为事情既然结束了，拉开车门就说，我送李清照吧。

史红旗说："走什么走？回老地方继续接着打。在哪里断的，就从哪里打起！"

雷平阳也表示同意，于是一行人又重新回到了那家茶馆。茶馆的小姐看他们回来，都有点惊讶。

史红旗对小姐说："还要原来的那间！"

进了原来的那个包厢："还要刚才的那副牌。"他叮嘱那小姐。

于是，他们又打起来。李白问雷平阳刚才给谁打电话。雷平阳说给报社的一个朋友，跑治安这条线的记者，他认识这儿的所长。李清照说："是不是上次来参加名人俱乐部成立大会的那个胖子。"雷平阳说就是他，他一直跑治安这条线，和这边派出所都熟，今天这个警察可能是新丁，想出点成绩吧。

李白说："怕是这鸟人口袋没钱花了吧！"

"别谈这个鸟人了，败兴！我们继续打吧。"史红旗摆摆手。

牌局继续下去，李白的反应有点慢了，出牌也慢了。史红旗很快又投入进去，看来情绪没受太大的影响，只是将牌更凶狠地摔在桌上，紧跟着就吆喝一声："毙了你！"或说，"杀你！"还用手拍打桌子，催促旁人赶快出牌。

散局时，李白眼睛有点发涩，他瞄了眼那张记账的白纸，他大概赢了五千左右，他心里有些不安起来，但也没说什么。他开车送李清照回去的路上，车开得很慢，一是他对自己的视力不很自信，二是想和她独处一会儿。

其实和李清照也没聊多少话，后来快到了，李白突然想起什么，问她今晚输了多少。李清照一脸的无所谓，说不知道，也不关心，雷平阳会处理的。李白听了心里咯噔了一下，但没说什么。

李清照下车时，李白问了句："你这么晚回去，没事吧？"

李清照回了他一个狡猾的笑："那你呢？"她反问他。

李白本来想问，她家里的那位在不在意。但话到嘴边又咽了回去，笑笑作罢。这毕竟是个敏感的话题，搞不好大家都会尴尬。李白望着她走远，消失在小区的树影后，才将车子掉头开走。

回去后，李白将车子停好，一边上楼梯，一边想杨小薇见到他会有什么反应。他走得很慢，等到了门口，他掏出钥匙开门，无奈钥匙转不动，门锁从里面锁上了。李白想了一会儿，只好按门铃，但按了几遍，他隔着防盗门听，里面有叮咚的门铃在响，但没有人来开门。

李白想叫喊，想打门，但一看手表，已经是凌晨4点钟了。他不想闹得整栋楼都炸锅，望着门想了想，只好作罢，又悄悄地下楼了，开车去了一家足浴店。

足浴店里没什么客人，两个小姐东倒西歪地半躺在沙发上聊天，另外几个在打瞌睡。聊天的小姐见李白进来，有个领班模样的起身招呼他。李白打了个哈欠，躺在沙发上。

李白对领班说："做两个钟吧。"

领班问他要洗什么药水。

"累死了，随便。"他累得懒得看了。

那领班说那就洗中药吧。

"有熟悉的师傅吗？"

李白说没有。

"要男技师，还是女技师？"

李白有点火了："你怎么这么烦呀，不是说随便了吗？"仰起身提高嗓门。

那个领班连忙说对不起，给他叫了个小姐。

李白朝她挥挥手，又躺在了沙发上。

一个小姐端了一盆热水进来，另一个小姐给他倒了杯水。李白将鞋袜脱了，将脚放进去，嘴上哼了哼。那小姐赶紧问他水温是否合适。

李白意识模糊地说:"还好,还好吧。"

那个小姐想要给他先按按肩膀,但李白说不用了。小姐只好作罢,给他揉脚部,还问他要轻点还是重点。

李白含糊着说:"好,好。"

过了一会儿,那小姐再问他怎么这么晚呀,李白听了就打了个哈哈。

那个小姐笑了笑,问他是不是老婆不让进门呀。

李白火了:"你这人怎么这么啰嗦!"他猛地跳起身子。

那个小姐吓了一跳,不敢吭声了,默默地揉捏着他的小腿。

李白长叹了一声,"对不起。"说完,他躺在沙发上,迷糊迷糊就睡着了,他梦见自己飞了起来,但随即又坠落,他醒来后发觉自己身上是冰冷的汗。

李白对小姐说:"空调怎么那么冷?给我拿毯子!"

第4章：讨债人

下午。2 点 30 分。

雷平阳下了车，朝皇朝娱乐城走来，在大门口遇见李白。他有点惊讶，用左手捂住嘴巴，打了个长长的哈欠，右手握住李白的手，他是一副睡眼惺忪的样子，眯眼在适应光线的变化。

雷平阳问："早啊？"

李白也笑了："刚起来？"他说话的嗓子有点嘶哑。

雷平阳解嘲说："没办法。"他过的是黑白颠倒的日子，又问李白："嗓子怎么啦？"李白用力咳了几声，清了清嗓子，说大概是上火了。雷平阳拿出一套茶具，给李白泡茶，说他有上等的龙井茶，"是私家珍藏。"喝了好下火。

李白在沙发坐定了，就问怎么不见李清照上班。雷平阳笑了，说她出去跑税务了。还向李白打趣："盯得这么紧呀？"李白反应过来，脸"刷"的一下红了，连忙说他刚去过财务室，见没人。

雷平阳拿烟盒朝李白示意，见他摆手，就自点了一支烟，问找她有什么事。李白说没什么大事，只是要一份财务报表，雷平阳舒了口气，"还以为有什么大事。"他说来个电话，让她送去就得了。李白说刚跑过一家公司，顺路就上来了。

"真的没别的事？"雷平阳一本正经地问道。

李白用嘴吹着杯口，慢慢喝着茶，考虑怎么谈这个话题。说实话，他是有点担心皇朝娱乐城。看了几期送来的财务报表，里面的数字让他皱眉头，公司的经营还是处于亏损状态。李白私下找史红旗谈过这个问题，毕竟他与雷平阳是朋友，他想还是先打个招呼为好。

史红旗倒是认真地听了，但没怎么在意，只是轻描淡写地谈了一些看法，他说公司开业初期，都有个亏损过程，折旧大嘛，但慢慢就会好的，这得有个过程。史红旗要他主管这家公司，也说明他对此重视，既然已经定了调子，李白听了也不好说什么，只是他往公司里跑的次数慢慢多起来。

"味道如何？"雷平阳端了茶杯示意。

李白"哦"了一声，"味道不错。"

"新茶啊。"

李白问了句："近来不错吧？"

"我？"雷平阳弓起身子，给他添茶水。

李白弯起手指，"你和公司。"在茶杯旁，敲了敲桌面。

"自己，老样子；公司，进步慢。"

"怎么开业这么久了还在亏？"

听他这么说，提到了问题的关键，雷平阳神色有点凝重，"哦，这怎么说呢。"他将手上的烟猛吸了几口，然后掐灭，将烟蒂放进烟灰缸里，脸上现出腼腆的神色，他说经营上有点小问题。

"什么问题？"李白扬起脸。

雷平阳说："有些领导老在这儿签单打折。"

李白一听"哦"了声，"严重吗？"想起那次他发火的情景。

"这个嘛……"雷平阳脸上，泛起无奈的神色，"你放心，毕竟是家国企，不会欠钱的。"话刚说了个头儿，可能又发现不妥当吧，又赶忙补充了一句话。

当初，放贷款的时候，李白也向史红旗谈过他的担忧，说娱乐行业不是他们的目标客户。可雷平阳让他放心，还说他们总公司是国企，家大业大，有它做担保人，这棵大树身上随便掉下一片叶子，也能将贷款还了，再说五百万这个贷款额也不算大。

史红旗对李白的担忧表示理解，还说，"你就做这家公司的经办信贷员吧，自己盯住，这样总该放心了吧？"这样的结果李白没有想到，话已经说到这分儿上了，史红旗的态度已经很明确了，他也不好再说什么了。

雷平阳又陆续谈了点其他的事，但李白听得有点走神了。

"你脸色好憔悴啊。"雷平阳突然转了话题。

李白用手捂住嘴巴，"睡眠不好。"他打了一个哈欠。

雷平阳就笑了，问这是否与女人有关？

李白拿起杯子吹了吹气，喝了口茶，辩白说有几家公司的贷款到期了，本来都可以还的，但就是赖着不还，主管的信贷员搞不定，他只好亲自出马，跑催收都跑断腿了。而有些案子，法院执行起来也没什么结果。这个季度的贷款逾期率，不但没有降下来，还有可能上升呢，压力挺大的，心里挺烦的。

雷平阳"啊啊"地点头听了一会儿，说还有这么牛逼的公司啊。

"受气小事，那些鸟人还威胁我。"

雷平阳笑了，说："有这么严重？"

李白苦笑了一下，哎呀，和你说也是白说！

"那你就别那么认真了。"

李白说："我放出去的可是真金白银！"

"算啦，不说这些了，省得来气。"雷平阳摆了摆手。

这时桌上的电话响了。雷平阳拿起电话，和什么人说了几句话。两个人又聊了一会儿，就有两个人进来了。雷平阳起身给李白介绍说，这是他的朋友，一个叫阿青，一个叫花狗。

李白见有人进来，说话有点顾忌了，雷平阳说他们是来聊天的。李白对那两个人点头一笑，算是打过招呼，还拿出一张名片。阿青让花狗收起了，却对李白说，自己没带，有事找雷平阳。

大家客气了一番后，就又说笑起来，雷平阳讲了几个黄段子，李白知道，是手机短信息里刚流行的。花狗耐不住，也兴致勃勃地讲了几个黄段子，别人还没笑，他倒先笑了起来。李白觉得没什么好笑，但也跟着笑几声，气氛还算融洽。后来，阿青和雷平阳谈起了近期红酒价格的变动，说来自法国的红酒要涨点价。

李白打量那个叫花狗的年轻人，二十出头，高个，身材魁梧，留着板寸头，穿了件白底黑点的花衣服，手上拿着一个手机在玩翻跟斗。李白突然想到了一部电影《斑点狗》，心里有点想发笑。

阿青大概三十岁左右，中等个头，长得挺斯文秀气的，穿花花公子牌的休闲装，白底浅色竖条纹的衬衣，白裤白鞋子，除一块手表显眼点，身上没有什么饰物，没有传呼机、金手链什么的，样子显得干练而不招摇。他留了中分的长发，头一垂，头发就遮住了眼睛，模样有点像香港明星郑伊健。

李白注意到，阿青话挺少，只是听大家聊，偶尔插几句。花狗则话多，烟还抽得挺凶，爱说黄色段子。李白对阿青有点好奇，就问他搞哪行的。阿青打哈哈，说："给雷总打工啊。"李白转头看雷平阳："没见过呀。"雷平阳笑了，说别听他胡说，他有家贸易公司。李白"哦"了声，说贸易挺难做的。阿青说是呀是呀，不过雷总挺关照的，又说："还是你们银行好做。"

李白搓了搓手，将头发往后拢了拢，脸上显出一种无奈。他说："大家都这么以为，刚才还在倒苦水呢。"雷平阳说："李白兄弟正发愁呢。"阿青就问为什么事情发愁。雷平阳笑笑，说他遇到对手啦。李白没说什么，摇了摇头，低头喝了一口茶。

阿青对雷平阳提到的"对手"显得挺好奇的，就追问是怎么回事。李白本来不想说的，雷平阳说，也许阿青可以帮帮忙。李白看了阿青一眼，见他感兴趣，就又倒了一次苦水，将事情的来龙去脉说了一遍。

李白说完两手一摊，说："干银行没劲吧？"

阿青听完后："蛮有挑战性。"他两眼放光。

"谁这么牛逼呀？"花狗问了句。

李白就将这几个公司的名字说了，东方贸易、荣华地产、三江化工、海星科控。

阿青就笑了："这不小菜一碟！"

李白一听这样的口气，"你认识法院的人？"坐直身子问道。

阿青说不认识。

李白失望地叹了一声，又坐回沙发。

阿青紧跟着说，但认识他们的老总。

"有用吗？"李白有点兴奋。

花狗牛逼烘烘地说，打个招呼不就得了。

"这么简单？"李白半信半疑。

雷平阳说，那就让阿青去试试嘛。

李白拿了茶杯和阿青碰了碰。说完那件事情，接下来，李白谈了自己的想法，希望皇朝下一个季度盈亏平衡。雷平阳的脸有点红，他说名人俱乐部成员的消费力提高一倍，情况就会好转。

阿青在一旁听了一会儿，看样子有点不耐烦，起身说还有事要先走。雷平阳握住他的手，说李白兄弟的事请多关照了。阿青一边走一边点头，花狗将手上的手机翻了个跟斗，说："小菜一碟嘛。"

后来，就几个相关的细节，又谈了各自的看法后，李白起身说要走了。雷平阳拦住他，说干脆将史红旗也叫上，吃了晚饭再走。李白一听，赶忙摆手，说他明天要去杭州，今晚还得收拾行李呢。

雷平阳哈哈一笑，说杭州美女如云啊。

李白一脸的痛苦，说他是去追债！

临出门，李白又叮嘱雷平阳："这个月的 20 日一定要将贷款利息准备好，因为 21 日就要扣贷款利息的。"李白说就算帮个忙。雷平阳边送他出去，边说些让他放心的话。

李白回到家里，杨小薇已经在做饭了。李白跑进厨房，说让我来让我来，杨小薇不耐烦地说："你去对付那小子吧。"

李白只好转回客厅，问李小龙作业做得怎么样了。李小龙眼睛盯着电视机的屏幕，说在学校就做好了。李白有点意外："这么自觉？"李小龙又按了一下遥控器："老爸，不要晃来晃去，影响我看电视。"李白说："这是你说的话吗？"李小龙马上做了个鬼脸。

李白丢下手包，"你拿来给我检查一下！"让李小龙将作业拿出来。李小龙很不情愿地去翻书包，左手还拿着遥控器。

李白拿过他的作业本，翻了几页，发现十道算术题，九道题全做错了，还有一道计算过程对了，结果是错的，顿时一股火气直冲头顶，他最看不惯别人马虎了，特别是自己的儿子。

李白喊了起来："李小龙！"

"作业不是做完了嘛。"李小龙还坐在沙发上不动。

李白拍拍作业本说："你就这么做完了？"

"是啊，做完啦。"

李白说："你检查过对错吗？"

"我做的时候当然认为我做的是对的。"

李白火了："你过来看看！"

李小龙很不情愿地丢下遥控器，磨蹭着低头走到李白的跟前，眼睛看着脚尖。

"你就是这样做题的吗？"

李小龙说："我都做了嘛。"

李白发火了，又喊他拿作文出来。李小龙很不情愿地翻开书包，拿出作文本。李白拿过来一看，更来气了，对李小龙喊："你念给我听！"李小龙皱着眉头，拿起作文本念起来。

"作文题目：记一件有意义的事。周末放学后，我回到家里，见爸爸妈妈还没有回来，于是我拿了钱去菜市场，帮妈妈买好了菜，然后回家烧好了饭，等妈妈爸爸回来吃晚饭。他们回来后，妈妈将我做的菜夹了一块，放在嘴里一尝，然后就开心地笑了。"

李白拍着作业本喊："你就这么胡说八道？"

"大家都这么写的嘛。"李小龙一脸的不服气。

李白气冲冲地走到墙角，拿了鸡毛掸子，照李小龙的小腿就是几下。李小龙"哇哇"地哭起来。杨小薇冲出厨房，问发生了什么事。李白一边抽打李小龙的腿，一边大声骂道："看你还敢胡乱应付了事！？还找一大堆的理由！"

李小龙见杨小薇出来了，更是放声大哭。杨小薇抢过去护住李小龙，对李白说："今天你发什么疯呀？平时你又不管，一管就知道揍！"杨小薇的怒火好像找到了爆发的火山口，狠狠地将李白平日的不是数落了一通。

李白手执鸡毛掸子，气呼呼地站在一旁，听着听着，他身上呼呼地冒出大汗。过了一会儿，他感到自己快要爆炸了，他喘着气丢下掸子，走到浴室去洗了个冷水澡，才让自己冷静下来。

吃饭时，李白说他明天要出差。杨小薇听了没出声，低头扒着饭。李小龙看他妈一眼，也没有出声，闷头吃着饭。李白想改善一下气氛，就问杨小薇喜欢什么礼物，杨小薇说算了。李小龙的嘴唇动了动，没说话。李白见此，也只好不再说什么，胡乱吃饱，就进卧室去收拾东西。

他出来问杨小薇："我的袜子呢？"

"我又不是你的服务员！"杨小薇没好气地回了一句。

李白只好不再出声，在卧室又找了一遍，最后，在衣橱抽屉的角落

里找到了。上床睡觉时，李白想有所动作，毕竟要离开几天。但杨小薇没有那个意思，总将身子背过去。李白犹豫着伸手去扳了几次，都被杨小薇拒绝了。他努力了几次，都不得要领，后来有点累了，一泄气转身就睡过去了。

李白到杭州一安顿好，就跑去其中的一家贷款担保公司。人家对他的到来，倒是热情接待，十分客气地表示了履约的诚意，但又说近期实在没有能力履约。李白费尽了口舌，又对他们晓以利害，对方才答应，在三个月内，代借款公司还款十万元。还款的协议书是拿回了宾馆，但这协议到底能否按期执行，李白的心里也没有底。

接下来跑的几家公司，情况大致相同。到了晚上，李白心里烦，在宾馆坐不住，就一个人沿西湖边散步。这过程中，不时有人上来，拦住他的去路，问他要不要去歌厅，要不要小姐，还夸口说手上的西子姑娘有多美多美。

李白心里有点烦，挥挥手将他们打发走。其实，那几个公司也想给他安排节目的，李白都婉拒了，说有朋友请，对方只好作罢。

李白下了断桥，就看见一条小船荡了过来，船头上挂了一盏汽灯，船家是一对男女。李白招了招手，那船靠过来。李白问了价钱，要一百二十元。他还了价，讲好一百元，就上了船。

那个男的问："去哪里？"

"随处逛逛吧。"

小船晃晃悠悠地在湖上荡着，湖上的月亮和星星也晃荡着，岸上和远处山上的树影也影影绰绰的，这景色让李白顿觉心事浩淼。他将头靠在椅子的靠背上，嗑几个瓜子，喝一口茶，然后，望着远处的灯火发呆。

船滑过三潭印月景点时，那个男的船家问他："一个人也敢上来？"李白在黑暗中笑笑，说："你们是夫妇吧？不像坏人嘛。"两夫妇就相对一笑，看得出他们很幸福。

男的接着又对李白做介绍，说岸边的桃花，三月开得十分好看，还说九十月份，也是个赏桂花的绝好时节。船在各个景点进出，李白在黑暗中边听船家的介绍，边想着自己的心事。

后来，他听船家问他是哪里人，李白叹了口气说："天堂就是天堂！"说过他就望着远方，不再说话了。

李白回到宾馆一看表，时间还早，才 10 点多，他想睡觉了，但奇怪，人一放松反而睡不着了。他看了一会儿电视还是没有睡意，就给家里打了个电话。

杨小薇看来还没有睡。李白问家里的情况，杨小薇说是老样子；李白又问她怎么还不睡，杨小薇打了个哈欠，说："李小龙还有几道数学题没有做完。"李白说他事情一完就回去。

又看了一会儿电视，李白有点心烦，就拨通了李清照的手机。没想到她也没睡。手机里她的声音有点飘，显得很好听。李白拿着电话走到窗前，一边和李清照说话，一边望着外面的湖水，他的心情有点飘，像窗外的那汪湖水一样晃荡着，他看见水中的月亮和星星也在晃。

李白说："还没睡呀？"

"不怕挨骂吗？"李清照的声音好像有点惊讶。

李白顽皮起来，说："我是那样的人吗？"

李清照想想，就问他是否被关在门外了。

"在杭州。"

李清照说："原来如此呀！"又问他去那儿干吗。

李白打了个哈欠，说："来追债呀！"

"是情债吧？"李清照吃吃地笑。

"那你来不来？"李白笑了笑。

李清照突然显得很严肃似的，没有说什么。

"不开心？"

李清照打了几个喷嚏，说最近有点心烦。

"那来散心吧，我还呆两天！"

李清照好像有点犹豫，也有点兴奋，在想着什么。李白跟着又说了句："出来放放风吧！"李清照没有马上答应，只是最后说，要想去就给他电话。李白拿了电话又站在窗前发了一会儿呆，才去洗澡。

白天，李白还得跑跑那几家公司，完了就呆在西湖边、树荫下的茶馆里，要一壶西湖龙井、几碟小吃，然后，往躺椅上一躺，剩下的两天时间，就在迷迷糊糊打瞌睡、喝茶、想心事中过去了。当然，期间他也给李清照打了几个电话，催她动身，无奈她总是犹豫不决。

第5章：江 湖

李白出差回来，又跟进了那几家赖账公司，据几个主管信贷员反映，他们居然主动还款了。他想去了解一下情况，他们的态度为什么来了个大转变。见了那几个老总，李白感到十分吃惊，他们的脸上不知道怎么搞的，都青一块紫一块的。

李白问起，他们就打哈哈："不小心从楼梯上摔了下来。"而且这几个老总对他特别客气，处处赔着小心，还表示会尽快将贷款还清。和他们以前赖账时的流氓样相比，李白感到既解气又困惑。

李白向史红旗汇报过这事情，说几个指标有希望完成。史红旗说好啊，死水变活水，还问李白："怎么搞定的？"李白说通过雷平阳帮忙。史红旗听了"哦"了一声，说是这样啊。李白说想过几天请他们吃顿饭，表示一下心意。

史红旗想了想，说："我就不去了。"李白笑他对老朋友也摆架子。史红旗连连摆手，说："我另有应酬。"

李白给雷平阳打电话，说要请阿青吃饭。雷平阳听了，有点惊讶，问他："这是为哪桩事？"李白说："也没什么，就表表心意。"雷平阳问表什么心意。李白解释说："那几家赖账的钉子户居然主动还款了，看来找法院还不如找熟人管用。"雷平阳"哦"了一声，说原来是为这事啊。李白说这个季度能松口气了，还贷率和收息率都没问题了。雷平

阳打哈哈说："你这么认真啊！"李白说没办法呀，"职业病。"雷平阳说联络上阿青就给他电话。

但几天过去了，也不见雷平阳来电话。李白手头稍得闲，想起这事，就往皇朝去电话询问，却被李清照告知雷平阳在住院。李白大吃一惊，马上打他的手机，听他声音挺疲倦的，还不时咳嗽。雷平阳说暂时没法联系上阿青。李白让他少抽点烟，说他抽空去看望他。

中午下班前，李白突然接到一个男人的电话，听声音挺陌生的。那个男人问他是不是李白，李白说他是，又问那人是谁。那个男人说："我是花狗。"

李白感到有点突然，愣了好一会儿，才反应过来，说啊是你呀，又问他近来还好吧。花狗看来有点焦急，他问李白有没有阿青的消息。

李白感到奇怪，他说自己正要请阿青吃饭呢。花狗有点失望，说："你也不知道呀。"李白问："他不在市里吗？"花狗却说他们有点小麻烦。李白随口问是否可以帮上忙。花狗就问他 A 区派出所有没有熟人。李白问他："有什么事？"花狗说他们的几个兄弟给弄进去了，他将大概的情况和李白聊了聊。

前几天，阿青和几个朋友去一家东北酒楼喝酒听歌，因点歌和邻桌发生口角，最后打起来了。阿青他们人多势众，对方那几个人打不过，就逃了出去。阿青打得眼红了，一时兴起，就追出去继续打。那几个人见实在没处可躲，就跑进了路边的警岗。

阿青他们可能被酒精烧昏了头，竟然抓起路边的砖块砸了岗亭，还将他们拖出来继续打，甚至连劝架的保安也打了，最后被赶来增援的干警抓了几个。

阿青的脑子灵敏，跑脱了，不知道躲哪里去了，其他人都不知道他的消息，而派出所正四处找他呢。花狗也是逃脱的人之一，他今天是来找李白想办法保释那几个兄弟，同时打听有关阿青的消息。

李白听到这里慌神了，有点手足无措，他拿了电话半天没说话。花狗在电话里"喂"了几声，见没有回音，就发牢骚说："怎么雷平阳也不见人呢。"然后就挂断了。

李白想了好一会儿，又打了雷平阳的手机，但关机了。李白只好打李清照的电话，问清楚雷平阳住的病房，然后就赶了过去。半路上经过菜市场，他去买了一个水果篮提上。李白刚到雷平阳的病房门口，就听到他正在里面大声咳嗽。

雷平阳见李白进来，有点意外，忙起身招呼让座。李白将水果篮放在小茶几上，然后在沙发坐了。雷平阳坐在椅子上问他，谁告诉他在这的。李白说是李清照，雷平阳开玩笑说："原来有内奸！"李白问他是什么病。雷平阳苦笑了一下，说还没有最后确诊，说躲这里也好清闲几天。雷平阳说话期间，又费力地咳嗽了几声，问李白找他有什么急事。

"来看你嘛。"

雷平阳望定他，说："你神色不对呢！"

"和 A 区派出所的人熟吗？"

"出事了？"

"花狗找过你吗？"

"找我干吗？"

李白说："花狗来过电话，说阿青出事了。"

雷平阳大吃一惊，追问出了什么事。李白便将事情说了，还追问阿青是干什么的。雷平阳犹豫了半天，才告诉李白。其实，雷平阳也不知道阿青的真实姓名，大家都叫他阿青，他也就跟着这么叫了。

皇朝娱乐城刚开张，阿青是他们酒水的供货人，但他的价格比市价高。雷平阳发现这个问题后很不高兴，将采购部长叫去骂了一顿，让他们到市场上进货。但他发现，换了其他渠道进货，歌厅就不时有闲杂人员来找茬，搞得客人不敢来玩，但阿青一来就摆平了。雷平阳也是个明白人，很快就悟出阿青是什么人。

后来，他还陆续听说，阿青给好几家歌厅看场呢。当然，具体做事

的，是他的那一班马仔，他自己甚少露面，只是不时在这些地方转悠，行踪飘忽。

雷平阳说自己一直觉得和这类人挺远的，只是在影视或文艺作品里，才见过这类人。但皇朝娱乐城开张后，想不到这类人就出现在自己的生活中，他对他们的态度也从害怕、厌恶、抗拒到和平共处，慢慢就觉得他们这类人，表面上好像也和普通人没什么不同。

雷平阳说，在自己的内心深处，有时会为这种想法感到害怕，他有一种堕落的恐惧，但又一时不能从其中摆脱出来。有时，他也和他们打打牌、喝喝酒，说不上喜欢，也谈不上讨厌。

他们喝到脸红耳赤时，也会像常人那样，像朋友那样，很真诚地拍着胸口承诺，为朋友两肋插刀。雷平阳说："这时我会忘记自己的真正角色，会为他们的话感动。"

李白听着，他没想到事情是这样的复杂，他的脑海里，马上闪过那几个老总青青紫紫的脸，心里不禁倒抽了一口凉气，好一会儿没有说话。

雷平阳坐在椅子上，双手正抓挠着头发。良久，才抬头对李白笑笑，说："还要请阿青吃饭吗？"李白有点尴尬，说："那就以后再说吧。"雷平阳安慰他："没什么大不了的！"

又坐了一会儿，他们都没说话。雷平阳抽烟，一根接一根，还一边咳嗽。李白呛得也咳嗽起来，就劝他少抽点，说他有事先走。雷平阳也没起身送，只是对他摆摆手。

李白走得有点慌张，车子驶在路上，好像与他闹别扭，差点与一辆横穿马路的自行车相撞，双方都吓出了一身冷汗。回到行里，他坐在办公室里，想起来竟然还有点后怕。

期间，信贷员小张拿份贷款报告进来，想向他请示汇报。他都将手一摆，说先放桌上。考虑了半天，他去了一趟行长室。一看门锁上了，问办公室主任，说史红旗去分行开会了。李白想了想，快下班了，他才打史红旗的手机。

"一起吃个饭吧?"

史红旗一听就笑了说:"有事吧?"

李白说有点小事。

"小天地。"史红旗说了个碰头的地点。

李白先到的,他要了一间包间,然后在房间来回踱步。小姐问要不要点菜,李白总是说等一会儿过一会儿。等史红旗进来,说饿了,他才意识到还没有点菜,就赶紧催小姐写菜单。

史红旗问他怎么神色慌张。李白感到自己的身子有点哆嗦,望了眼空调的出风口,问小姐能不能将空调弄小点。小姐说是中央空调,没办法。李白赶紧喝了口热茶暖身,将自己的情绪稳定下来。

"知道阿青的事吗?"

"阿青?是谁?"

李白说:"就是雷平阳的朋友啊。"

"不清楚!"史红旗摇摇头。

李白有点急了:"你和雷平阳不是好朋友吗?"

"这是两回事啊。"

李白说:"我也刚知道。"

史红旗一边用热毛巾擦脸擦手,还让他说说看是怎么回事,"看你紧张的。"李白有点奇怪,也闹不明白,无法理解,就瞪大眼睛望着史红旗。

"你们可是好朋友啊。"

史红旗有点严肃起来,对李白说:"你也是我的朋友,你什么事都告诉我吗?"

李白听他这么说就没话说了。

菜上来后,李白没有胃口。其间,他的手机响了,杨小薇问他回不回来吃饭。李白不耐烦地说:"你们自己吃吧。"说过他又有点后悔,

赶紧又做了一番解释，可那端"啪"的将电话挂了，留李白拿了手机愣在那里。

史红旗喝口茶，缓和了一下气氛，问他出了什么事。李白便将阿青的事说了。史红旗听了脸色有点凝重，但也没马上说话。

"这事怎么看？"

史红旗说："不要插手！"

"那，雷平阳那边呢？"

史红旗问他："这话是什么意思？"

"收贷款吗？"

史红旗问："到期了吗？"

"还没有。"

史红旗问李白："雷平阳对我们怎么样？"

"当然好。"

史红旗说："那你就公事公办，私事私办吧。"

"具体怎么说？"李白对他的话有点费解。

史红旗有点不耐烦了，说："不要什么事都要我挑明吧？"

李白只好打住了。在回去的路上，李白还在琢磨这句话的含义。他没有找到满意的答案，心里有点烦，就拿起手机，拨通了李清照的电话。

李清照听到他的声音，就问他雷平阳的情况。李白说他人是有点疲倦，老咳嗽，但还没有确诊。李清照"哦"了一声，又问他在哪里。

"出来喝茶吧？"

李清照说："你有事吧？"

李白只好坦白，说想和她聊聊天。李清照说她还在公司，让他的车子到门口接她。等上了车就问他："怎么突然想起要聊天？"李白苦笑了一下，说有点心烦。

到了"竹林"茶馆，他们要了个包间。李清照端着茶杯，若有所思地看着李白。李白想让气氛轻松一下，就说："你终于含情脉脉看着我了。"

李清照却认真地问："你夫人看你呢？"

"她看儿子时就会！"

"可能怀念你们的从前吧？"

"我们连说话都觉得费劲！"李白摇头说道。

"有那么严重吗？"

"你先生呢？"

李清照愣了一秒，也说："不知道。"

"好奇怪的回答。"

李白突然一转话题，问李清照今天是否加班，她说也算是吧。李白又问起公司的近况，李清照叹了口气，说雷平阳不在，几个副总正在明争暗斗呢，员工也就分成了好几派，都忙着站队呢。李白叹息一声，喝了一口茶，问她："你怎么看雷平阳这人？"

"你应该比我更了解他啊。"

李白有点心虚，赶紧说："哪儿呀。"

"他人不错。"李清照吹了吹茶杯口。

李白有点走神："是吗？"

李清照听了，有点不解地望着他。李白赶紧转了话题，问她怎么理解"公事公办，私事私办"这句话。他说自己对领导的话，一时很难领会，做到融会贯通，他想听听她的高见。

李清照笑了："你想怎么样理解都可以的。"

"是吗？"李白感到困惑了。

第 6 章：皇朝梦

这段时间，李白往皇朝娱乐城跑的次数多了起来。雷平阳的身体时好时坏，也无法正常上班，他们见面的地点，或医院，或公司，也毫无规律可言。这天，李白往公司打了一个电话，逮住他在，就马上赶过去。这次，他们不是在医院见面，而是在办公室。

"好点了？"李白关心地问道。

雷平阳脸色苍白，瘦了许多，原来颇为雄伟的肚腩，也平了下去，而且说话时老咳嗽。但烟还是抽得很猛，一根接一根地抽着，还对李白说："不碍事，你接着说。"这让李白有点犹豫，对自己的做法心存疑虑。

"你还抽呀？不要命了？"

雷平阳说自己就剩这一点乐趣了。

"确诊了吗？"

雷平阳说得轻描淡写，说少抽点烟就没事了。

"那你还抽啊？"

雷平阳笑嘻嘻地说，人生苦短啊。

这话说得李白也沉重起来。过了一会儿，李白提出，想看看上个月的财务报表。雷平阳有点惊讶，说："李清照没给你送吗？"李白说催了几次，但她说要你签字才能送。雷平阳拍了拍脑门，说哎呀，还真犯病了。他拿起电话，叫李清照将报表拿过来。

李清照一进来，雷平阳边签字，边说笑，说来来来，唐诗对宋词。李清照红着脸，也坐了下来。李白也有点窘，他不知道雷平阳是怎么知道这典故的。他轻轻一笑，没接这话茬，将这话题滑过去。

李白拿了财务报表浏览，还问李清照一些问题，诸如管理费怎么上升得那么快，应收款为什么又增加了，说酒楼收现金为主的嘛，等等。李白一口气问了许多问题。

李清照有点迟疑，每次回答前，都要看一眼雷平阳，欲言又止。雷平阳让她先忙自己的事，李清照只好转身出去了。李白望着李清照的背影消失在门口，心中有些失落。

雷平阳走过来，坐到李白的身边。他点了一支烟，解释管理费上升是工资上升了，固定资产的折旧大了，差旅费集中报销稍多些；至于其他应收款，主要是公司职工的一些借款，当然，有些签单挂账还没要回来。

李白一边听，一边将报表翻过来，翻过去。上面的数字让他极为忧虑。李白指点着上面的数据，不时向雷平阳提出问题，也提出一些改善的建议。雷平阳则边抽烟，边点头，大声咳嗽着解释或附和回应。

接下来的一段日子，只要两人相见，大多是进行这样沉闷尴尬的问答。

其实，对皇朝娱乐城贷款的收放问题，李白的心情是挺矛盾的。他看了皇朝这几个月的财务报表，发觉经营状况还在走下坡路。

从理智上来说，他认为提前收回最为妥当，这样银行的资金会安全得多。但在情感上，他又有点不忍心提早收回，毕竟是他自己主办的，公司落到这样的收场，自己脸上也无光。另外，他和雷平阳也算是朋友关系，当然还有史红旗的原因。

周一的例会上，史红旗在传达分行信贷工作会议的精神时，也提到近期的贷款收息率下降和逾期率上升的问题，并表示他的担忧和不满。

李白低头听着，心里挺烦的，但也不好说什么，因为有些贷款公司的老总，就是史红旗的朋友。

李白有时静下来，想起自己以前对信贷工作的想象和理解，不禁会发出苦笑。以前在大家看来，做信贷工作嘛，不就是整天陪客户，到这家酒楼吃喝，到那家歌厅玩乐嘛。信贷部是个让人眼红的部门，油水足啊。

但等李白自己真干上了，才知道情况今非昔比。现在公司的经营环境和状况都多变，让人很难有十足的把握；另外，以前留下来的烂账，也要去催收，一大堆的指标要去完成。大家有时见了李白的苦笑，还会问他是不是发了笔横财，偷偷笑。李白听了只好摇头。每次一开会，一看到那些文件，李白的头就快要炸了。

昨天，支行开行务会。会前，大家坐下说笑，会计科科长小林还拿他开玩笑，说："李白，最近有新开张的酒楼吗？"平常大家都开玩笑说，要问哪里有酒楼，问他们信贷部的人最清楚。

李白看了眼史红旗说："你想让行长搞干部轮岗吧？"史红旗听了，也不恼，拿眼似笑非笑地扫了他一眼。小林有点尴尬，就嘿嘿笑打哈哈，转了话题，谈起了支行各科室的季度考核排名。

另外，李白从李清照那里了解到，最近，雷平阳的病时好时坏，无法去皇朝正常上班，医院倒成了他常去报到的地方。但皇朝娱乐城总得有人主持工作才行，在有关雷平阳去留和谁是合适的接班人选的问题上，总公司的几个领导意见不一。

有的副总认为，正赋闲在家的许子冬比较合适，说他原来就是皇朝的老总，熟悉情况，再调外人进去，还要重新适应，这对公司的运作不利；而贾总呢，则认为还是等等，看看雷平阳的病情再说，因为雷平阳说他很快就可以恢复工作了；另一些副总则倾向在总公司的中层干部里，采用自荐和推荐相结合的办法，再选拔一个人去。

总之意见纷纭，每个领导都想为自己心目中的人选争取机会，每次会议都争来争去，却毫无结果。

这种情况持续了两个月，皇朝娱乐城的经营已无法正常运转了，五百万的银行贷款已逾期。李白问过史红旗的意见，史红旗的态度变得坚决了，说让他们还吧。于是李白隔三差五就拿着逾期贷款催收通知书，找上门来催还款。

当然，李白跑皇朝，去李清照那儿一坐，也就只能聊天了。因为她做不了什么决定，只是向总公司转达银行方面的意见，但迟迟不见有及时反应。这样一来，李白也没了耐心，亲自带上分行条法处的律师，跑去找给贷款作担保的总公司那儿催款，晓以利害。

人家对他们的来访，也挺热情的，贾总亲自接待。李白一坐到贾总的办公室，就很不自在。贾总向李白保证，这五百万的贷款对他们来说，不算什么大事，他们这棵大树掉下一片叶子，就可以归还了，只是现在有些事得优先处理，贷款的事就暂时缓缓吧。

据说，贾总也是个武侠小说迷，他也不知道从哪里得到情报，知道李白也是个武侠迷。于是一见到李白，他就热情高涨，巧妙地将话题转换，唠他看武侠的趣事，还谈读后感，说武侠里写的人和事，和今天的人和事没什么本质的区别。他说现在的社会也是个大江湖，有游侠，有各家门派，有山头庙宇，也有武林盟主。

贾总说得高兴了，还想和李白讨论，武侠和文侠的区别。他的高谈阔论滔滔不绝，搞得李白无法将催收的话题深入下去。李白坐着不是，走也不是，十分尴尬，他不得不承认自己的"磨功"还没修炼到家。

后来，行里的律师可能坐不住了，将催收函拿出来，说要请贾总签收，贾总也很配合："好好，请放心。"他边说，边拿出笔签字，还要留他们吃饭。李白赶忙说，他们还要跑几家公司。"那再约个时间吧。"贾总有点遗憾地和他们握别。

李清照透露，这段时间，以前泡病号的许子冬，倒变得精神百倍，每天早早就来皇朝上班，还经常跑去总公司汇报工作。他的那位领导亲

戚，也不时通过各种渠道，向贾总那儿施压，说什么军中不可一日无帅，要是皇朝娱乐城继续这样下去，出了娄子，总公司的领导是要负责任的。

贾总呢，在雷平阳去留这个问题上，也够矛盾的。虽然他对雷平阳的某些做法有意见，但毕竟工作上他还是有能力的，而且也是自己培养推荐的人。但近来又有许多关于雷平阳的风言风语，说雷平阳在皇朝娱乐城主持工作期间，与社会上的闲散人员过往甚密，为挣钱不顾国家法律，偷偷摸摸将不健康的娱乐节目弄到皇朝娱乐城表演，他敢这样做，背后肯定有人撑腰，等等。

贾总被弄得心烦意乱。最后他权衡利害，还是决定由许子冬接替雷平阳主持工作。尽管这是个丢车保帅的做法，但贾总还是找到了说服自己的理由，他要让别人知道，他贾总做事还是很果断的，虽然雷平阳是自己推荐去的，但自己是公私分明的。

雷平阳单身一人，家里人也不在深圳，因此李白、史红旗、李清照不时跑医院探望他，从他嘴里多少听到一些风吹草动。对此，他不动声色，虽然吞咽困难，但还是将他们带来的苹果，吃得一个不剩。当胸痛的时候，他拼命用手摁住胸部，好像要将那疼痛压住。李清照和李白看着他的痛苦状，心里十分难受，但无法帮助他减轻一点痛楚，只好叫医生用药止痛。

病情稍稍得到控制，雷平阳就强烈吵着要出院，说搞了这么久，也没个准确的结果，他说不想在这儿受罪了。但医生不肯签字让他走，说他们还要继续会诊，需要的话，会请外地专家过来一同会诊的。

"出了事谁负责啊。"医生当然不让他胡闹。

雷平阳火了："我自己负责！"

皇朝娱乐城更换总经理的事定下来后，总公司的财务部门，对皇朝的经营状况进行了审计。这时，有人用匿名信向区检察院反贪局举报，反映公司的领导肆意报销费用、借款不还、挪用公款，而且数额巨大，有贪污的嫌疑。

反贪局对此非常重视，立刻着手进行调查，发现的确是报销金额及借款金额巨大。追查报销和借款人，竟然一个是许子冬，另一个是雷平阳，于是决定将这二人拘留审查。

许子冬交待说，自己是因工作需要，陪某某领导考察其他酒楼时吃了一些，但并没有拿进自己的腰包；至于借的钱，还不满三个月，这几天正要还，只因为忙于处理交接的事，才疏忽了……他说不信可以去问问某某领导，等等。

而他的那个领导亲戚，也尽力在各种场合为许子冬说话。最后，许子冬被调查了一个月，就被放了出来，理由是不好定性，因为是吃了，但他没将钱拿进自己的腰包。

而雷平阳呢？那天他办了出院手续，刚回到宿舍，竟生出一种生离死别的感慨。在医院住了那么久，自己的命运都操纵在别人也就是医生的手上，他的心情十分坏。

回到这里，他才感到，自己重新掌握了自己的一切。他坐在床边，感慨得泪水从脸上流下来。接他回来的李清照和李白、史红旗都以为他的胸又痛了，急忙走过去扶着他的肩头，想让他躺下。

雷平阳突然痛哭起来，肩头一耸一耸的。哭过之后，他睁开眼睛，环视有些凌乱的房间，一言不发。李清照则轻轻地拍着他的后背，"没事的。"他一边咳嗽，一边摆手。

这时，检察院的人进来了。

雷平阳随他们走到门口，"没事的！"回头安慰他们。

李清照、李白、史红旗呆站了一会儿，才拥出去送他。

根据雷平阳的交待，检察官从雷平阳的办公桌抽屉及他的房间里，找到了一叠汇款单回执，一本记事簿，那里详细地记载了雷平阳汇寄给各地希望工程的款项。雷平阳在交代中谈到，他在皇朝娱乐城工作的一年时间里所见到的人生百态。

他说他做了一个皇朝梦，经历了它从诞生到破灭的过程。他说与其让皇朝被某某领导吃空掏空，还不如将它捐给希望工程好了，这总比让它毁灭在他们手中强。他说皇朝梦在若干年后，或许会在那些学子的理想中重新诞生的，这也是自己的希望，也是他付出代价后想得到的一些收获。

他甚至还与检察官谈到："我青年时的理想之一，就是做个法官或检察官，但现在命运与我开了个玩笑。"

雷平阳说完这些话时，汗水已经湿透他的身子，胸部疼痛得厉害，让他无法支撑，他再也坐不住，滚下了椅子，整个人蜷曲成一团。正在审讯他的检察官大吃一惊，赶紧打电话叫救护车。

雷平阳躺在癌症病房里，被证实是肺癌晚期。

总公司的老总们和工会主席，在为是否以组织的名义去探望雷平阳、有关的医药费该不该由公司出这样的问题，开了好几次会议，都说对这个问题要慎重考虑，不要在匆忙中做出错误的决定，以至于很长时间都没有结果……

一个星期天的早晨，李清照和李白又去医院看望雷平阳。雷平阳的身体十分虚弱，但他还是努力凑近李白的耳朵。

"对不起老兄了！"雷平阳说话的声音很沙哑。

李白问他有什么对不起他的。

"你的贷款呀！"雷平阳用力说。

李白顿时热泪盈眶："不说这个，不说这个！"

雷平阳又艰难地欠了欠身子，对李清照说："对不起……"然后就不说话了。李清照只是说："安心养病，我天天削苹果给你吃，吃了平平安安。"其实，他吃苹果都费力了。

雷平阳点点头，灿然一笑。

"你看检察院告我什么罪？"雷平阳有点顽皮地问他。

雷平阳说这话时似笑非笑。病房远处有人因痛苦而大声呻吟，他用手下意识地摁住了胸口……

　　李白忙了一天，很晚才回来。他看父亲孤独地坐在阳台的椅子上，呆呆地望着外面的天空。母亲去世后，父亲隔些日子就来他这里走走。李白本来想让他住下的，但他不肯，说是住不惯，再说这里也没有朋友，他来只是想看看儿子和孙子。

　　李白说了几次，都没能说动他，也就只好随他了。这里住烦了，就回老家；在老家想他们了，就来走一趟，来去自由，互不干涉，彼此方便。

　　李小龙将玩具摆出来，什么变形金刚、外星人、喷火手枪、坦克模型，等等，从大门口向客厅排列。李白进门时，一不小心就踩着那个外星人，脚踝差点就扭了，便指着李小龙喝问："吃饭时间还玩？"杨小薇已经将饭菜摆上饭桌，还让李小龙喊爷爷吃饭。

　　一家人围着饭桌吃饭，他们都不怎么说话，气氛似乎显得沉闷。吃了一会儿，李白的父亲可能喝了点酒，便借着酒意逗孙子，他说："小龙啊，要多吃快吃，快吃快长大。"李小龙一张嘴说话，饭粒就洒得满桌满地。

　　李白脑子里还装着白天的事，思路给岔了，有点心烦，便拉下脸喊："吃饭时别说话！"他父亲一听差点噎了，硬将话随酒菜咽下去，坐着闷声闷气地吃饭喝酒。李白吃了一碗就撂下碗筷，进书房接着弄那份打呆账的报告。

　　李小龙是最后一个吃完的，他一撂下碗筷，又埋身到他的那堆玩具中。杨小薇赶紧收好桌子，然后坐到沙发上看电视。李小龙在屋子里跑来跑去，弄着他的那堆玩具。

　　过了一会儿，李小龙大声吵着，要杨小薇给他找机关枪。杨小薇让他自己找去："叫你收拾就不收拾。"李小龙不干，缠着妈妈闹开了，还让他妈妈扮女特务，和他玩抓捕游戏。杨小薇恼了，到屋角找了鸡毛

掸子，照着李小龙的脚就是十几下。李小龙"哇"地哭开了，后来见爷爷过来护，他"呜呜"地哭得更欢。

李白拿了文件，走出书房，说："帮着收拾一下不就得了？小孩说说就行了，打坏了你不心疼？"

杨小薇头也不抬，没好气地说："那你来试试？"

"你看不见我正忙着吗？"

杨小薇更火："你忙就你忙，你哪天不忙呀，忙得都快成哑巴了！"

"我确实是忙嘛，我这是为谁呀？"这一说李白也来气了。

杨小薇丢开手上的柳条，"呜呜"地哭开了，嘴巴还像机关枪，开始数落李白的种种不是。什么变成了哑巴呀，几天不说一句话呀，什么将家里当宾馆了，等等。

李白见女人的水龙头扭开了，知道这一个夜晚要被水淹了。他本来想发作的，但一想还是作罢，就丢下手中的文件，一摔门逃了出去，在路上焦躁地走着，漫无目的地往前走。

后来，李白拐了方向，踱进附近的公园，多少是迫于情势。沿街逛了不到三十分钟，迎面碰上的熟人，看他神情不对头，三人就有两个会问："李白，离家出走呀？"

第一个问，李白开始有点尴尬，说我在散步呢；第二个问，李白有点焦躁，解释自己不是流落街头；之后再遇上熟人呢，李白就担心没词了。

当然，他听出别人说的是玩笑话，但他也愕然他们何以会这样想，要这样问。李白走到一家时装店，看了一眼镜中的自己，再下意识摸了一把脸，没觉着有什么不妥。

李白后来烦了，逢问就答："没见过散步吗？"

"哦，在散步！"熟人也笑着打哈哈。

李白听了却笑不出声。

公园里，夜色掩盖了游人的行踪和脸色，当然也包括李白的。这里有种藏而不露的神秘。在夜色的包裹下，李白心情稍微放松了一点，他对这一切开始感到满意，心想方向对路了，他正远离身后的烦恼。他继续往前走，想看看前面湖里的荷花开得怎么样了。

李白爱逛公园的习惯，已荒废好些日子了。以前，他除了看武侠小说或看看电影，还爱陪杨小薇上公园逛逛。那时，吃过饭逛公园，是件多么惬意的事。现在想起以前的事情，李白不禁又要发出感叹："他妈的，怎么现在会变成这样呢？"他也想不明白，也好像没时间好好去思考这个问题。

李白走在弯弯的小路上，看着天上的星星，就想起小时候去看露天电影的情景。他七十年代曾经在一个小镇上住过。在那里，当时看电影可是件稀罕事，在镇子的空地上看露天电影，得自己带凳子去。有时，听说某个村子放电影，就邀上几个伙伴去。

走夜路，李白特怕蛇，一行人去某个村子看电影时，他总跟得很紧，怕掉队了。

想想以前，一看见镇上的布告栏上的电影预告，人就激动起来，小肚子下面就像憋了一股痒痒水。这时，李白想起在墙根下撒尿的狗，就会暗暗发笑。

现在呢，看电影十分方便，却没有了从前的那种诗意。李白边走边想，看见一只萤火虫从眼前飞过，便伸手想去抓，但它悄无声息地溜了。李白追了几步，额头被树枝打了，才停下脚步。

李白返回小路，粗略想想，也快一年没进戏院的门了。李白刚从家里逃出来时，是很累很烦的，但没想到走着走着，现在兴致居然还算高。

他踱到桥上时，就觉得后面总跟着个人，刚开始他也没在意，到了桥的中间，他发现，几个趴在桥栏纳凉的外来打工者，眼睛发亮，紧盯住他的后面。李白很自然地联想到黑夜中的狼眼。

李白继续慢慢地走着，等下到桥的另一端，后面跟着的人，随一股

廉价的香水味飘到身旁，她问他："要聊天吗？"那声音轻得无法在空气中久留。

李白好一会儿才反应过来，领会那话的含义，连忙回答说："不要不要！"他心里有点紧张。那女孩头也不回，若无其事地又飘走了。

刚才那话好像是自言自语。黑暗中，李白看不清她的脸，看样子大概也就二十岁左右吧，从穿着看，像是外地来这里打工的。他想也许是那种白天去工厂上班，晚上来此"兼职"捞外块的吧，他没想到公园现在变成了这样子。李白想想，觉得有点败兴，便折回来路。

走到另一个路口，李白竟发现刚才那女孩，正和一个老头手挽手，边走边谈，往一暗处走去。临湖边，也有好几处类似的"风景"。李白的心情被夜色染了，暗了下来，只好往家里走。

近来一段时间，也不知道怎么搞的，他发觉自己离家越近，脚步就越沉。

第7章：无心快语

李白回到家里，已经过了晚饭时间。他开门就听见电视机的声音，李小龙正在看电视。而父亲坐在阳台的椅子上，眼睛望着对面的那幢楼若有所思。他换好拖鞋进了客厅，瞄了眼，没见杨小薇。

李小龙见他回来，就跑了过来，说要和他玩一个游戏。

"累死了，我要洗澡去。"李白摆了摆手。

"那就给我讲个故事吧。"李小龙不死心。

"下次吧，你老爸今天和人磨了一天的嘴皮子，嘴唇都快起泡了。"

李小龙嘟起嘴巴，不高兴地走回沙发坐下，继续看他的电视。

"妈妈呢?"

李小龙的眼睛盯住电视，头也不回地说："来过电话，说有演出。"她要很晚才能回来。

"吃饭了吗?"

李小龙说："吃过了，爷爷做的。"

李白从浴室出来后，算是有点精神。他在客厅里踱了几个来回，觉得心里少了点什么，摸摸热烫的脸，想想又拐进书房，还将门闩上。

起初，李白在书架前看了看，顺手抽出几本书，翻了翻，又放回原处，然后他在椅子上坐下，将脚架在书桌上，目光在书架上扫来扫去，最后忍不住拿起书桌上的电话拨号。

电话通后，李白心跳加速，肯定在每分钟一百次以上。李白说话的声调压得很低，出了书房就掉地上了。

李白开始讲他今天的故事，从他起床讲起，就从他枕头上掉有七十根头发说起，叙述的方式很意识流，一会儿讲到他上公共汽车，因为挤，把买的车票弄丢了，而售票员又要他重买。李白说："要不是看她是个女的，肯定会和她干起来！"

他特别神秘地说，其实他真的揍过一个售票员，当时既害怕，又过瘾；一会儿呢，叙述又跳到他去一家宾馆见一个客人，下台阶的时候，不小心踩着自己松开的鞋带，摔了个跟斗这件事上。

李白说今年是自己的本命年，自己够小心的了，也买了红内裤，也系了红腰带，但还是老出事；他说呀说呀，甚至细到他今天到一个客户那儿上厕所时，一照镜子，才发现自己刷了牙，却忘了刮脸这事上……

电话那端的人，似乎有着超乎常人的耐性，并不打断李白的话，耐心听着他谈这些芝麻绿豆般的小事，偶尔的插话，也是恰到好处，起到伴奏似的烘托作用，让他一直是主旋律。

说完了，李白心里舒坦了，人却感到累了，心跳也慢慢恢复正常。李白听到客厅响起电视机的声音。李白的声调提高一点，对着话筒嬉皮笑脸地说："你真好啊，娶你做妻子肯定很幸福。"然后挂了，开门出来，向空中做了一个伸展运动。

他父亲不知道什么时候从阳台回到客厅了，和李小龙坐在沙发上看电视。李小龙已经开始打瞌睡，手里还拿着遥控器，脑袋像鸡啄米似的。李白走过去，拿下他的遥控器，想抱他上床。

"我等妈妈。"李小龙睡眼惺忪，嘴巴动了一下。

李白说："上床等吧，明天还要上学呢。"

李小龙很不情愿地用手揽了李白的脖子，说爸爸给我讲个故事好吗？

"明天吧。"李白的眼睛一热。

"爸爸总耍赖!"

李白连说了几个改正下次一定不赖了。李小龙被弄上床后,就抱着玩具布老虎睡了。

李白踱回客厅,见父亲站在母亲的遗像前,用手帕擦拭上面的灰尘,又装上几炷香。李白走过去,劝父亲去睡。父亲说还没有睡意,还想再坐一会儿。

李白叹叹气,就坐在沙发上,看着那台开着的电视;父亲走出阳台,坐回那张椅子上。父子现在像两座对峙的岛。李白闻到一股酒气,知道父亲又喝酒了。李白想说些什么,但又不知该说些什么,打哪儿说起。

李白拿过遥控器,摁了本市电视台的频道,不想画面上出现了杨小薇,正站在讲台上作演讲。李白要不是看见这画面,都快忘了,杨小薇在师范大学读书时,就是校演讲队的。你看她演讲得多生动啊,该夸张的地方就夸张,该严肃的地方就严肃,用声情并茂来形容,一点也不夸张。

李白一想,心里笑了一下,她在家里怎么就没有说得那么生动呢,还动不动就对他含沙射影,就掉眼泪,弄得自己连和她说话的兴趣也没了。要不是因为李小龙,他和她现在情况可能更糟,当然,也不排除变得更好的可能,五五开吧。

李白老想起一幅题为《桥》的油画,画面忧郁灰暗,一家三口坐在沙发上,儿子坐中间,两边的大人,目光空洞疲惫,麻木地望着前面。

李白看杨小薇的演讲结束,慢慢地步下台,就连打了几个哈欠,忙起身,走过去对父亲说:"早点睡吧。"父亲回答说他再坐一会儿。李白说我明天还有事,说完就打着哈欠进了卧室。

杨小薇是何时回来的,李白并不知道。他凌晨醒来,她已躺在他的

身边，但没用手臂搂住他，她用手抱住自己。李白想起从前，很多时间，杨小薇都是搂住他睡的。

这情景，让李白突然想起一个流行的笑话，说什么"握住小姐的手，好像回到十八九；握住老婆的手，好像左手握右手"，现在杨小薇可能也在想，抱他也是像抱她自己一样，所以干脆就自己抱自己得了。

李白小心地起身跨过她，去浴室小便。经过客厅时，听见父亲的梦话从卧室飘出来，充满了酒味。李白听到父亲喊着母亲的小名，一遍又一遍，温柔极了。

第二天，由于是周末，也许是太累的缘故，李白和杨小薇还在睡。李小龙早起了，和他爷爷在阳台上玩抓特务的游戏，他当然是做解放军，爷爷自然成了特务。

后来，门铃响了。开门一看，来的是杨晶晶，杨小薇的妹妹。杨晶晶进门就问："我姐夫呢？"李小龙说："两个懒虫还在睡呢。"杨晶晶用手指刮了刮他的鼻子，说哪有你这样说大人的。李小龙接过杨晶晶递给他的麦当劳汉堡包，就打爸妈的门："开门开门！"李白和杨小薇只好起来。

"还是姨妈好。"李小龙拿了麦当劳，朝李白嘟嘟嘴巴。

李白用手擦了把脸，训斥道："一个汉堡包就把你收买了，看拐子佬把你拐了。"

李小龙做了个鬼脸跑开了，以往杨晶晶一来，他就缠住说个没完，现在他的嘴可忙不过来了。

李白伸了个懒腰，懒洋洋地打着哈欠去浴室刷牙。

杨小薇睡眼朦胧地坐在沙发上。

"怎么睡到现在呀？"

杨小薇心不在焉，回答说星期六么，不睡干吗？

"不怕睡坏了？起来聊天也好嘛。"

"有什么好聊的？"

杨晶晶惊奇了，说姐夫不是个挺幽默的人吗？以前聊天可是你俩的一大业余爱好啊。

"他呀，现在哪有这闲工夫，他的话都快成金子了，珍贵！"

杨晶晶听了忍不住笑道："哈！这姐夫不会是个'克隆人'吧？"

杨小薇对这话既恼又无奈，干脆把电视打开，转而听画中人说话。杨晶晶说看见姐姐上电视演讲了，话还真多呢，不做主持人可惜。杨小薇眼里一丝疲惫的亮光一闪而过，但只懒洋洋地答了句："是吗？"

李白来到客厅，问杨晶晶怎么好久没来玩了？

"忙着找工作呢。"

杨小薇坐直身子叫起来："为什么呀？"

"又喜新厌旧了吧？"李白笑她。

杨晶晶倒答得既爽快又无奈，说下岗啦，但又重新上岗了。

李白"哦"地舒了口气。杨小薇又把身子放下，问她现在做什么。杨晶晶有点兴奋，说："跟节目主持人差不多，挺刺激好玩的。"

杨晶晶终于找到了话题，开始滔滔不绝地谈起自己的新工作来。她说自己现在一家声讯台工作，每天的工作，就是接听用户打来的电话，说白了，就是陪客户聊天。

杨晶晶总结说，打来的男性占绝大多数，而且成功男人占了不少。他们什么都想说，什么都敢说，好话坏话都说，黄话无聊的话都说。他们有的说老婆婚前娇媚可爱，现在变得俗不可耐，自己连跟她说话都没兴趣；有个老板的司机说，他经常载老板去幽会，可他能看不能动，心里实在不好受，于是偷偷向老板娘告密，老板娘竟然一气之下跟他上了床……有说自己的婚外情的，连一些羞人的细节都毫不隐瞒。

声讯台的小姐有的结婚了，有的没结。结了的，对这种情况还好应付，没结婚的听得耳热心跳。有的更挑逗你，还约你去玩；有的话"黄"得简直让人听不下去了，但你不能发火，不能挂了，还得好声好气地与他们周旋；实在听不下去的，只好偷偷把话筒搁下，一会儿再续

上。你得陪他说，让他说，听他倾诉，不会说的要逗他说，会说的要诱使他尽量多说，哄孩子似的。

杨晶晶说，他们公司的老总，很厉害的，在给她们上上岗培训课时，演讲很能打动人，说话也能点到问题的关键。他说在这个时代，说话都能产生巨大的经济效益："和客户说话是有价值的，能产生金钱和效益，这是公司的经济来源，员工的收入来源。"

"说得多好啊！"杨晶晶开心地说，"有没有发现，我的口才好多了？"

"本来就牙尖嘴利！"

李白绷紧神经问杨晶晶，他在哪家声讯台做。

"无心快语。"

杨晶晶越说越兴奋，末了，还问姐夫这算不算"性骚扰"，还问有没听过关于美国总统克林顿的"拉链门"事件，根本没留意李白的脸色，一会儿变黄，一会儿变白，后来涨得通红。

此时，电视画面正演一出丈夫偷情的戏，杨小薇就骂了句："现在的男人没个好的。"杨晶晶这时扫了眼李白，发现姐夫正脸红，便开玩笑说："姐夫可是个老实的好男人啊。"杨小薇不答话。李白讪讪地说："我给你们洗水果去。"说着就进了厨房。

第8章：生日夜

母亲节那天，正好是李小龙的生日。

李小龙早几天就缠着李白问："老爸，有什么表示？"李白刚开始打哈哈，不置可否，后来见日子临近，才爽快地答应儿子："搞个生日晚会吧。"李小龙这回高兴了，连连高呼爸爸万岁。

早上出门，李小龙还不放心，提醒李白一下班就赶快回来。李白用力摸了摸儿子的脑袋，说："你这小子，一说吃呀玩呀你就起劲。"李小龙满脸笑容，嘻嘻地笑着说："我要个快乐的童年啊！"

但这天李白回到家，已是晚上的10点钟了。桌上的蛋糕已经吃过了，看起来一片狼籍，还有一块放在纸盘子上，没动过，可能是留给他的。李白走过去拿了，吃起来。

看见儿子没精打采的样子，李白张口想做一番解释。本来，他今天已将工作做了很好的安排，婉拒了一切的约会，然后坐在办公室里，想着晚上的事情怎么搞。可是到了下午，史红旗突然通知他，说省行的领导要来分行检查信贷工作，分行信贷处处长来了电话，要领他们到下边的支行检查。

李白当然得全程作陪，他得鞍前马后地侍候上头的那几个领导，还对提出的问题做了详尽的汇报。他本来以为白天就能完事的，结果晚上又陪他们上酒楼、下歌厅玩起来，等他想起给家里打电话时，已经是晚

上的 8 点钟了。

李白见李小龙不理睬他，就望向杨小薇，她也无精打采，身体陷在沙发上一动不动，眼睛盯住前面的电视机的屏幕。李白也觉得疲累，身体没劲。沉默了一会儿，他找了个话题，问："爸呢?"杨小薇眼睛盯着电视机，说吃过饭，他说散步去了。李白"哦"了一声，又没话题了，只好叫儿子："李小龙，时间不早啦，睡觉。"李小龙不吭声。

李白也坐在沙发上，想想，没合适的话，只好去浴室洗澡。

李白出来后，一看墙上的钟，已经是 12 点了。看父亲还没回来，李白有点急，问仍坐在沙发上的杨小薇是不是听错了，"要是散步应该早回来了?"杨小薇回答说："爸也是个大人，丢不了的。"李白听了又没话了，趴阳台上朝外面张望。

电话铃突然响起来。杨小薇听了，身体动了动，但脸上却无动于衷。李白想想今天的事，都是自己的错，再说，这电话也许是找他有事的，他不好发作，过去走回客厅去接了。

电话是辖区派出所打来的，让李白去担保领人，原来，李白的父亲被"请"里面去了。李白顾不上多说，胡乱穿一件衣服出去。他一路急急地赶去，不知道父亲出了什么事，心里七上八下地担忧。

据派出所的同志解释，今晚他们搞一个"清洁行动"，主要是扫荡公园里的"三无"人员。把李白的父亲"请"来的原因，一是李白的父亲没带身份证（饭后散步嘛，谁还想这事），二是正和一年轻女子兜搭，查问后发觉他俩互不认识。他们觉得有嫖娼的嫌疑，所以"请"来弄清楚。现在问题弄清楚了，"你领回去吧!"李白一直赔着笑脸，说了不少的好话。

回来的路上，李白一言不发。当然，他也不知道说什么好。父亲跟在后面，许是刚才受惊过度，也一路没话，乖乖地像个听话的孩子，也急急地赶路。

进家门后，发现杨小薇还坐在沙发上，茶几上搁了一堆的单据。见他们回来了，杨小薇侧了侧身子，随口问了句："这个月的电话费怎么又高了这么多？"李白一听打了个"激灵"，转头却对父亲劈头盖脸没一句好话数落了一通。

"你就不能呆在家里看看电视，听听收音机什么的？晚上出去，出了事怎么办？"

他父亲坐在沙发上听着，没吭气，后来就躲进自己的房间。李白脑子里挥不掉有关公园的联想，于是越骂越气，声调不觉高了，溜出了门。

不久，门铃响了起来。李白一惊，开门一看，是管理处的保安员。"有事吗？"李白口气生硬，隔了防盗门问道。"有没有需要帮忙的？"保安员说邻居以为出什么事了。李白这下明白过来了，大概是邻居投诉了，住宅区管理处的人上门干预，李白这才有所收敛。"没事。"但刚才一闹，睡着了的李小龙醒了，就哭起来。

杨小薇刚才一言不发，现在开口说了句话："你少说几句行不？"

这时，他父亲的哭泣声也飘出来，模糊不清，断断续续的："……我……只想……连个说话的人……都没有……小芳……小芳……丢脸啊……"

李白闻到一股酒香从父亲卧室的门口飘出来。

杨小薇进卧室去哄儿子。

李白猛地骂了句："他妈的！"

他霎时想挥拳砸向茶几或桌子什么的，但心里十分清醒，他怕疼啊！

第9章：离婚事

下班前，李白坐在办公室里正想心事，史红旗突然找上门来，说要他帮个忙。李白将手上的文件搁到桌面上，问是什么事。史红旗问他还看不看武侠小说。李白以为他想借书看，有点疲倦地笑了一下，说他家里有啊，还问他想看哪本。史红旗摆摆手，说我哪有时间啊。李白问他那要那干吗？史红旗说，边吃边聊。李白让他有事就说。但史红旗坚持要边吃边聊，说是先谢了。

他们去的是一家日本料理店，李白只要三文鱼刺身。他喜欢日本芥末的辛辣味，那股劲从口腔、咽喉开始，直冲鼻腔，到达脑门，整个过程，他有种说不清的眩晕和解脱的幻觉。史红旗也说，就吃这东西好了，还说多吃鱼对身体好，至少没什么胆固醇。

吃了好一会儿，史红旗还是不着边际地侃。李白有点憋不住，就问他找自己有什么事。史红旗听了，丢下筷子，翻开公文包，拿出一叠资料。他说自己正读在职研究生，已经拖了好几年了，想将它搞完，就差论文了。

"还在要求进步啊？"

史红旗笑嘻嘻地说："没办法，形势逼人。"

"读书的事，别找我！"李白有点心虚。

"就你可以帮上我。"

"你别恭维我了。"

"知道我读什么吗？"

"还不是 MBA 之类。"

"是中文。"

"可你干银行的呀。"

"当初在机关选修的。"

李白说，原来如此。又问自己怎么能帮上他的忙。

"这对我来说是困难，对你就简单，你就给我写一篇有关金庸武侠小说的论文就行了。"

李白一听直摇头，笑着说："这哪儿跟哪儿呀。"在史红旗的不断要求下，他才勉强答应。对他来说，写这样的论文，当然是小菜一碟，但他这段时间，心情实在是糟糕，十分烦躁。

史红旗见他答应了，就和他讨论了一些论文写作的有关要求。李白虽然疲倦，但说起武侠小说来，他还是滔滔不绝。他说过之后，就自我解嘲说："现代人看武侠小说，无非是想在一种虚无中解脱自己，从现实的无奈中跳出来。"

史红旗竖起了大拇指，说李白的见解实在是高，还希望他在两个月内拿出初稿。李白说应该没问题。去停车场取车子时，李白突然问史红旗，支行什么时候实行干部轮岗。

"你希望轮岗？"史红旗停住脚步问他。

李白叹叹气："换换也好嘛。"

"有新想法？"史红旗愣了一下，才问他。

李白将手中的材料扬了扬，笑笑说："写材料呀。"

说实话，自从不久前，他和史红旗参加过雷平阳的葬礼后，他对信贷工作就已经有点意兴阑珊了，想换换环境。对这个问题，他考虑了很久，一直没有机会提出来，没想到今天是个契机。

　　李白回到家里，李小龙早睡了。杨小薇还坐在沙发上看电视。他父亲已经回老家了。客厅里只有电视机里发出的声音，显出一种空荡来。李白换了拖鞋，将手中的皮包丢在鞋柜上，问她为什么还不睡。杨小薇的身子动了动，但没有吭声。李白走过去，用手扶住她的肩膀。

　　"去睡吧？"

　　杨小薇转过头来："谈谈好吗？"

　　"太累了，改天再谈吧。"

　　杨小薇说："那我就说自己的想法吧。"

　　"什么想法？"李白一愣。

　　杨小薇说："我们还是分了吧！"

　　"发生了什么事？"李白吓了一跳。

　　杨小薇说："分开好过些。"

　　李白有点急了："好好的干吗说这话！"问她到底有什么事。

　　"不是我有事，而是你有事！"

　　李白用手一指胸口说："我？没事呀。"

　　"你就像这儿的一个旅客！"

　　李白明白过来，就说："我出去不就是吃饭喝酒吗？这都是工作需要嘛。"

　　"可我不是宾馆的服务员！"

　　李白急了："我为谁呀？还不是为这个家！"

　　杨小薇的眼泪下来了，她说她不需要。

　　"以前你不是希望我有出息的吗？"

　　杨小薇说这不是她所希望的。

　　李白还想说什么，突然觉得很累，他叹了口气，说我累了，你也累了，还是早点睡吧。他朝浴室走去，他说他想洗个澡。在浴室门口，他听见杨小薇喊："现在你还有心思洗澡？"李白停住脚步，张张嘴，想想还是作罢，女人就是没法子讲道理的。他想自己要是不洗澡，可能就要立刻疲累得倒地了。

接下来的一段日子，李白被这个是分是合的问题弄得焦头烂额。杨小薇一定要和他谈出个结果来，而李白总想躲开这个该死的问题，搞得两人的日子过得郁郁寡欢。经历了反反复复的拉锯战后，李白终于投降了，他真的太累了，他最后连说话的力气都没有了。他考虑了很长时间，对杨小薇说："好吧！"一场战争终于结束了。

接下来的事情，都像既定的程式一样。他们谈到离婚条件时，杨小薇提出，李小龙跟她过。但李白不同意，他的意见是将房子留给杨小薇，儿子就跟他过了，他提出的理由是这些年自己太忙，冷落了儿子，现在他得培养父子感情了。况且，李小龙跟他过，对其成长和性格都利大于弊。

李白说："你也不希望儿子变得像个女人吧？"他说男孩子嘛，跟父亲好些的，儿子放他那儿，她什么时候想看他，来就是了，这样的安排，她还有什么不放心的呢？更何况，这样的安排，对她的将来也有利呀。李白说："你自己也要为自己的将来想想，毕竟日子还是要过的嘛。"

李白滔滔不绝、推心置腹的一番话，确实让杨小薇感动了。她呜呜地哭起来，而且越哭越厉害，汪汪的眼泪差点就让他们的离婚计划泡汤。为什么这样说呢？因为杨小薇和他离婚的其中一个原因，就是两人不能好好说话，回家后就各忙各的，没能好好地沟通。

长久以来，李白通常一声不吭吃过早餐，就拎着公文包出门。要么很晚才嘴里冒着酒气回来，有时连洗澡也免了，就上床；要么呢，回来吃过晚饭，就关在书房里，写他那没完没了的报告或公文，对外面的人和事充耳不闻。

当然，杨小薇感动也只就那会儿，这样的情形也不是第一次了。此前他们谈过许多次了，每次情形都差不多，再重复下去，也没有什么新意，又不是小孩子过家家玩，所以经过短暂的互相感动后，最后两人还

是按计划离婚了。

这里面的原因很多，说起来既复杂，也很简单。婚姻就是这样，说不清也道不明，男人和女人，常常会因一个偶然事件而结合，又可能因某个极微小的原因而搁浅。总之，这样的结局，应了一首粤语歌曲的歌词："命里有时终归有，命里没时莫强求！"

李白离婚后，就带着李小龙过。李小龙正上小学三年级，特顽皮，让李白和老师头痛不已。不管是在上班，还是走在路上，李白三天两头，就会接到班主任的投诉电话：今天是李小龙上语文课时，老搞小动作，还特捣蛋，将前排马小燕的头发，悄悄绑在椅背上，让她起身发言时拉伤了脖子；明天呢，是李小龙课间休息时玩球，将教室的窗户玻璃踢碎了；后天嘛，又是和王丁丁争玩具手枪，干了一架，将人家打出鼻血了，等等。总之麻烦事不断，让李白的情绪飘起来，又沉下去。

开始，李白听到这些投诉，还克制住自己的冲动，在给老师和学生家长做过检讨、赔过不是后，就一本正经、耐心地给儿子上再教育课，和他讲做人的道理。可李小龙呢，根本就不买老爸的账，继续调皮捣蛋，教育的效果收效甚微。

几次之后，李白失去耐心，以后凡接到投诉电话，回来操起鸡毛掸子，照李小龙的屁股就是一顿狠揍。于是家里常出现这样的场面：由于李白的父亲不在，李小龙没人护着，只有老实挨揍的分儿了。

李小龙通常抚着被揍的屁股，呜呜地大哭，声音嘹亮，响彻整幢住宅楼。老子李白呢？拿着鸡毛掸子，在一旁又骂又喘气地揍儿子。

几个回合的交手后，情况似乎有所改善，至少有三个星期，李白没有接到老师的投诉电话，他的心稍稍放宽了些。但李白高兴得太早啦，李小龙只不过和他玩了缓兵之计，实地里是阳奉阴违，后来，更是惹了不少的麻烦。

这样一来，老师也烦了，连投诉电话都懒得打了。李小龙一犯错，放学后一概罚站、留堂，这做法害得李白下班后，还得屁颠屁颠地跑学校接人。自然，李小龙回家后，免不了又挨一顿揍。

有一次，李白打狠了，鸡毛掸子落在李小龙的手背上，那是小家伙用手去护屁股时挨的。李小龙的手背上，出现了一条红红的印痕。当时李小龙有点自顾不暇，手疼，屁股也疼，"哇哇"地哭得畅快淋漓，这声音让李白想起从前在小镇听到的杀猪声。李白顿时有点心痛，赶紧丢下掸子，从抽屉里找出红花油，然后拉儿子起来，想给他抹药油。

开始，李小龙很警惕地拼命躲，明白过来后，便也乖乖地抹着眼泪，坐沙发上让他擦。李白看着泪眼婆婆的儿子，边擦边问他："疼吗？"李白自觉这样问得愚蠢，因为他早感到李小龙的手在擦油时，一下一下地抽搐。李小龙点点头，算是回答了，眼泪还吧嗒吧嗒地滴在地板上。

李白边擦油边问他："恨不恨爸爸？"

李小龙带着哭腔说，总好过爸爸不理他。

李白听了心里直泛酸水。

李白离婚后的一年多时间里，既当爹又当娘的，吃尽了苦头，这下才体会到前妻的不易。所以尽管苦些累些，但也觉得值得，算是对前妻的一种补偿吧。

有时和李清照谈起儿子的问题，说真是烦死了。李清照问李小龙读哪所学校。李白说是嘉南小学，三年级（三）班。李清照说哎呀，这么巧，她表妹刚做他的班主任啊。李白还没见过她，就说拜托她多费点心思。

第 10 章：替 身

李白也算是个大忙人，自然有自顾不暇的时候。支行实行干部轮岗后，他是办公室主任，每天都有看不完、写不完的文件，还有总也接待不完的、从上级行和兄弟行来的客人。

李白这几天特忙，要赶一个传达上级行关于《努力减少文山会海》精神的文件，史红旗等着会议上用的。李白写着写着就叹了一口气，还不禁笑出声来。对面桌的小高觉得奇怪，抬头和他开玩笑。

"昨晚走路捡了金子？"

李白自嘲说："真是那样就好啦。"

李白感到好笑，是因为他一边写一边想到，这些年他有种体会，那就是越强调减少会议或文件，就会有越多的会议和越多的文件等着要开、要看、要写。想到史红旗在大会上念这篇稿子，传达有关精神的情景，李白当然觉得滑稽好笑。这么一漫游，李白的思路就变得断断续续的了。

下班铃响过后，小高一边收拾东西一边问李白："主任，还没好呀？"李白写得不顺手，听了这话顿时换上一副愁眉苦脸，"你说得轻巧，你试试？"小高连连摆手，说："免了免了，你现在可是我们这儿的一号笔杆子呀，先走一步。"小高的口哨声消失在门外后，空空荡荡的办公室，立马显出一种寂寥来，让李白凭空害怕起来。

李白点上一根烟抽上，看着外面的天色，想着今天李小龙会不会表现好点。他看着手上冒着白色烟雾的香烟，突然想起，自己不知道怎么就学会抽烟了，还上瘾了呢，每天要一包才解瘾。他对自己的变化有点感慨起来，他妈的，真是人在江湖，身不由己。

这时电话铃突然响了。这突如其来的铃声，吓了李白一跳，他拿过话筒。

"您好，Ａ行，有什么可以帮到您？"

一个清脆的女声说："找李白先生。"

"你躲哪儿去了？"李白一听声音，还以为是李清照呢。

那边说，她姓肖，是李清照的表妹。

"哦，我就是李白。"他有点不好意思，问她有何贵干。

那边赶紧说她是李小龙的班主任，她问李白什么时候方便，她要做次家访，和他聊聊李小龙的学习情况，因为上星期五的家长会他没来。李白忙说很抱歉，并解释上次是有事来不了。

李白本想跟着说他近来很忙没空，不想说出口的话却是："那就今晚聊吧！"也许李白突然觉得，应该去外面走走，呼吸些新鲜空气。肖老师问她八点去李白家怎么样。李白连忙说："这样吧，干脆我们一起边吃边聊吧！"

在灯光温馨的餐厅里，李白眼睛闪闪发亮，态度诚恳，很认真地听肖老师，也就是李小龙的班主任谈儿子在学校的表现。"坐好认真听！"李白这会儿也严格要求儿子。

李白看着肖老师，有点恍惚，心里在嘀咕，怎么和李清照那么像啊？但他没有说什么，只听肖老师说话，一边看两片好看的嘴唇开合，一边浮想联翩。

肖老师说，李小龙近来不知道怎么搞的，学习成绩走下坡路，最近两次测验，才刚刚过六十分，连一向成绩很好的语文，也才勉强过关。李白简直不敢相信，说："语文也这样？不会吧？"肖老师对李小龙说：

"李小龙，你自己说吧。"

李白除了喜欢看武侠小说外，自小就舞文弄墨的，虽说大学读的是金融专业，但他的那手好文章，连中文系的学生也不敢小看他。他给史红旗起草的东西，可以不经审阅，拿到手就能用。

上次他给史红旗写的那个有关金庸武侠小说的论文，还得了个全班的最高分。史红旗的放心和称赞，让李白感到骄傲。李白还是很自信儿子具有这方面的遗传基因的。

李白瞪眼了，问儿子怎么搞的，这么不争气。李小龙嘴里含着食物，躲闪着爸爸的眼睛，小声连说了好几个"我我我"也没说出个所以然来。李白当着肖老师的面，没好意思发作，只是警告儿子，以后要多用功，否则定不轻饶他。李白强调说："在学校要过关，在家里也要过关。"

当然，李白还问起了李清照："好久没她的消息了。"肖老师说她表姐出国了。李白听了有点惊讶，因为李清照从来就没透露过要出去，现在知道了，他有点失落："出去干嘛呀，都一把年纪了。"

肖老师说，她表姐说想出去休整一下，在国内太累了。李白叹了口气："也好，身体要紧。"肖老师有点好奇地问李白，有没有想过出去。李白笑笑说："有钱在哪儿都好，没钱在哪里都没劲。"

回家的路上，李白想着两个问题：一是儿子虽然顽皮，但成绩从没这样差过，到底是什么原因呢？另一个是肖老师怎么和李清照那么像呢？如果自己的妻子是个老师，那李小龙的教育就不会成为一个问题了。后面这个问题显得有点突兀，是李白始料不及的。

李白一路回味肖老师身上那若有若无的香水味。李白突然低头问："肖老师教你们多久了？"李小龙小心地回答道："三个月了，刚从其他学校调来的。"李白听了这话"哦"了一声，没再说话，心里又将肖老师刚才的形态和李清照的形态画了一遍，又做了对比。

从此，李白多留了一个心眼，虽然工作很忙，不能到学校去了解儿子的情况，但还是和肖老师经常保持电话联络的。李白有点迷恋她那清脆的声音，这让他想起李清照的声音，想起自己年轻时的声音。

自住都市后，他就很少听见鸟鸣声了，在他听来，肖老师的声音，恰好容易让他联想到树林里清脆的鸟语；而肖老师呢，也喜欢听李白幽默的调侃，毕竟李白的社会阅历较丰富，不时讲些从酒席上听来的民间笑话，肖老师觉得有趣，常笑得像个摇晃的银铃，这样李白就会想到大自然里的花香，彼此都很开心。

这么一往来，李白心里倒有了个朦胧的想法，那就是假如能和肖老师好的话，那李小龙的生活和学习，他至少可以少操心些。当然，这只是李白脑海里的一个闪念，还不成熟。李白和肖老师的电话就这么打过来，打过去，交换情报，密切关注李小龙的表现，但并没有发现异常情况。

李小龙好像用功多了。李白不敢肯定，是否自那次挨揍后，儿子懂点事了，总之在家里做作业也很认真似的。肖老师也反映，李小龙每次都能按时交作业。唯一让李白不满意的，就是李小龙的作业常常出错。李白能说什么呢？他的确无法给他做更多的作业辅导。

有许多次，当他弄那些文件累了、烦了，走出书房来换口气，就会看到儿子坐在客厅的桌前，双手撑头陷入沉思状，作业本和书本摊在面前。

每当这时候，李白以为儿子被问题难住了，就走过去，拍拍儿子的肩膀："是不是被问题卡住了？"李小龙吓了一跳，像从睡梦中惊醒过来一样，惊慌万分地支吾以对。这下倒搞得李白满怀歉意，说："要是不懂，就问爸爸好了。"

李小龙镇定下来后，就结结巴巴地说，还是让他先自己想想吧。李白心想儿子挺懂事的，还有点自力更生的精神呢，于是甚为欣慰，从此再见此种情形，便不再打扰。

第 11 章：新 宠

有一天，肖老师在电话里反映了一个情况，说李小龙近来经常上课开小差，偷偷看漫画书。上课提问有关我国大诗人李白的问题时，李小龙的回答让她啼笑皆非，同学的哄笑声差点没将教室的房顶掀了。李小龙嘴里的唐朝大诗人李白，成了一个和美人明兰心一起离家出走，游走江湖的少年剑客。

肖老师说，当时她又气又好笑，问他是从哪里知道的。李小龙得意洋洋，理气直壮地回答说是从一本名为《大唐英雄传》的漫画书中知道的。"我还看了许多其他的书。"

李白听了十分生气，因为唐朝的那个李白，是他心中的偶像，他不但可以将李白的许多诗文倒背如流，还对李白的故事和传说耳熟能详，他不相信儿子没得一点老子的遗传。要知道，李小龙的回答，简直让他无地自容。

当然，李白也找理由安慰自己，认为李小龙也就心慌罢了，张冠李戴而已，所以并不以为然，没太把这当一回事，心想儿子可能只是偶尔为之罢了。

但后来，肖老师反映了几次，李白才有所警觉，觉得要采取些措施，否则事态有可能失控。要"防微杜渐"。他记得开会的时候，史红旗经常使用这个词。

下班后，李白开车回家的路上，一路在思考如何与儿子做个沟通。一想就想出问题来了，他发现自己居然和儿子的谈话，每次都不超过一小时。想起当初对杨小薇的许诺，李白不禁惭愧起来。

　　本来他想好了，回家后，一定要和儿子好好谈一谈的，可回到家里，李白的做法却变了。"你把书包拿给我。"他决定搜查儿子的书包。对于李白的突然袭击，李小龙虽然极不情愿配合，可又无可奈何，磨蹭了半天，才将书包打开。掏出课本和作业本后，一本《城市猎人》漫画书就躺在书包底。

　　李白勃然大怒："你知道你叫什么名字吗？"他指着李小龙的鼻子吼道。

　　李小龙吓得浑身发抖，小声回答说他知道。

　　"你说，叫什么?!"

　　"李小龙!"儿子的声音轻轻掉在地上。

　　李白骂道："你还知道叫李小龙？干脆就叫李小虫吧！"

　　李小龙哭丧着脸点点头，不敢答话。

　　"你知道你这名字的含义吗?"

　　李小龙耷拉着头不吭声。

　　李白将桌子拍得啪啪响："你知道个屁！希望你长大后成为一条龙，照这样下去，你只会成为一条虫，知道吗？是虫不是龙！"

　　李小龙一副低头认罪的模样，听着老爸的斥骂。

　　李白见他不吭声，更气，拿过那本漫画书就要撕。李小龙见状，大喊："那是借王丁丁的！"这下李白登时没了主意，站在那儿跳脚喘气发抖。李小龙瞥了老爸一眼，小心翼翼地说："爸爸，你打我出出气吧，我错了。"李白听了霎时悲喜交集。他妈的，这小子倒还会心疼老子！李白听了他的话，真是哭笑不得。

　　"你怎么就不替老子争口气呢?"

　　李白倒了杯冷开水喝了，缓过一口气后，才对仍低着头的儿子说："以后不准看漫画书了，听好了吗?"李小龙说知道了。李白想想，这话

说得不妥，自己小时候不也爱看小人书吗？李白顿了一顿，放低声调，说："以后上课时不能看课外书。"末了，李白突然注意到，李小龙的头发竟然留得那么长，就说："你明天去剪个发，都成长毛怪了！"李小龙听了没敢反驳，只是支吾着答应。

李白将儿子赶进书房做作业后，打开电视机搜索了好几个频道，看没什么好的节目，便拿过那本《城市猎人》翻了翻。小时候的李白，也爱看各种能找到的小人书，什么《地雷战》、《地道战》、《三国演义》、《水浒》、《母亲》等等，也曾将小人书偷带到课堂上看，还照着临摹，并因此萌发过要当画家的梦。

当然，那都过去了，岁月不饶人啊。现在再回过头去看，那些小人书，都是些充满教育意味的东西。手头上的这本漫画书又怎样呢？李白早听人说过，现在漫画书大行其道，连大人都爱看爱收藏。

李白怀疑这种说法是否有点过于夸张，大人都这样？李白觉得那就好好研究研究，看它跟儿时的那些小人书有什么不同。不想李白还真的渐渐看进去了。他来回翻了几遍后，发觉现在的漫画书和从前的真是不一样，不是一点点不一样，而是大大的不一样。

这些漫画书上的文字很少，但整个画面让人一看就明白。当然，人物也画得比较夸张变形，他还注意到一点，那就是漫画主角的头发都很长，很飘逸，整个画面透出一股很怪异诡秘的气息，看书人不觉就随那股气飘离现实世界，忘记自己身处何时何地。

李白这才明白，儿子以前的那种沉思状，就是因为他的魂早就神游到万里外，留在原地的不过是具躯壳而已。看来那头长发，肯定也是照学里面的漫画主角的。

等李白想起该叫儿子去睡觉了，一推开门，发现李小龙已然趴在书桌睡着了，口水拖了很长。

第 12 章：卡通狂

李白开始对漫画产生了兴趣。李白查阅有关的资料，据上面的解释，其实就是卡通，是英文 Cartoon 的译音，也就是漫画。漫画就是把自然中的复杂形象简捷化和特征化，让人一看就明白，一看就知道画的是什么，也就是说，让人不用想就马上接受它。

李白自己也没想到，他好像中毒了，看漫画书上瘾。他突然变得爱逛书店了，当然，他重点逛漫画书摊，挑上喜欢的就狂买。让李白感到遗憾的，是深圳的漫画书品种不多，于是便想到了罗湖桥对面的香港。

李白开始热衷于参加旅行社搞的香港游，别的团友一到香港，除了逛风景区，就是去女人街或上百货公司采购衣服买金银珠宝等东西，毕竟香港是世界闻名的购物天堂。李白呢，一大早，吃过早餐就失踪了。

李白晚上回到酒店，通常会手头拎一捆书。团友们都在大谈当天的收获，问李白买了什么。当得知是一包漫画书时，就问他是否替儿子买的，李白只是脸红红地打哈哈。

于是有人便说李白这人真怪，花钱大老远跑这儿买小人书；有女团友就教训同行的丈夫说："看见了吧，人家老李多好，出门还惦记着孩子，你得向人家学习。"说得那丈夫连声说是要学习学习。

当然，后来特区政府开放了自由行，他立刻参加。他特别喜欢这种旅游形式，这样行动就更自由。每当他从香港电视的新闻报道中，得知有办书展的消息，他就要跑一趟。

李白到了香港，就和许多香港的漫画迷一样，通宵达旦地排队等候。书展大堂的门一开，人潮就涌进去，漫画书摊的展位立时就被潮水淹没，挤倒了桌子，挤破了玻璃屏风。

书展上，那琳琅满目的漫画书让李白叹为观止，只可惜口袋里的银弹有限。有一次在抢购风潮中，尽管他的手被玻璃划伤了，但还是坚持抢到一套共三十六本的《城市猎人》后，才去医院包扎。

香港的传媒对这种漫画抢购狂潮，进行过大量的报导：男女老少都爱看漫画书，原因是什么呢，是今天的图片业和影视业的空前繁荣和泛滥，才导致人们的这种选择吗？还是人们天性就追求这种接收信息的简单方式？又或者，人们希望通过更直接而简单的方式来认知世界，抗拒现代社会庞杂的信息垃圾？

这场由漫画书的抢购潮引发的议论多多，最终都集中到一个不争的事实，那就是香港的学生近年来的语文水平不断下降，情况令人担忧。教育界人士都表示，这与现代的年轻人爱看漫画书有关。媒体提请有关当局应引起关注，凡此种种。讨论归讨论，漫画迷们依然我行我素，做出人们觉得难以理解的行为。

李白将一包包的漫画书运回后，就锁在书房的柜子里，平时关上门偷着看，当然也会塞几本进公文包，带到办公室抽空看。因为怕人发现，李白又向史红旗打报告，申请要一间单独的房间做办公室，理由是在大办公室里人多嘈杂，影响他构思文章。

史红旗也算挺关照的，大笔一挥就同意了，这样一来李白自然喜不自胜了。

对于自己迷恋漫画书这件事，李白不想让单位的人和儿子知道。他既怕同事领导笑话他，影响自己的形象；又怕儿子知道后，再教训他，那样的话自己说话就不响亮了。

对自己这种偷偷摸摸的行为，李白有时想起也会觉得莫名其妙，挺滑稽的，但他已无法收住心和手，他已陷入这种既紧张又忘我的游戏中不能自拔。在这个恍惚的过程中，李白好像又回到了童年，他在重复着一种逝去了的隐秘的生活方式。

当然，李白自觉也有收获，他觉得自己比以前理解儿子了，至少他弄懂了，儿子为什么爱看漫画书，也许他只想借此忘却繁重的功课。李白自己也一样借此减压。

李白还不时和儿子讨论某个漫画故事人物的命运，比如《城市猎人》中的男主角孟波先生。虽然两人的见解不可能一样，但两人总算有了共同的话题，毕竟以前父子俩总也谈不到一块。

李小龙对爸爸竟然会与自己谈论漫画，虽然疑惑不解，但认为还是一件很值得高兴的事。

尽管李白将一切做得小心翼翼，好像滴水不漏，但人们还是感到，李白这人变得有点恍惚，让人担心。比如以前的李白，比较热衷于迎来送往的社会活动，当然，这是他工作的一部分；但近来呢，对这些变得提不起兴趣了，总找理由推脱。

小高替他都替烦了，只是没敢吭声。史红旗和同事曾关切地询问过李白，是否身体不舒服，或有什么困难需要帮忙，希望他说出来，大家也许能帮上忙。李白倒奇怪了，反问人家说："没有呀，你们怎么会这样看呢？"搞得问的人直摇头。

另外，同事还发现，李白的话越来越少，人常处于一种游离状态，聊天都显得心不在焉；史红旗则觉得，李白搞出来的东西，越来越短了。有一天，要召开一个全系统的表彰大会，他让李白起草一篇发言稿，时间定为一个小时。"我等着用的。"他叮嘱李白。

会议的前一天，李白下班前就将稿子交到史红旗的手上。"你也够快的！"当时史红旗还赞扬他的效率了得。他正急着去赴一个酒席，接过也没看，往公文包一塞就走了。

第二天开会，史红旗拿出来就念，以往都这样的嘛，都没出过什么差错。可这次糟了，会议才开了一半时间，手头的发言稿念着念着就完了，好像人走路走着走着，突然没了路，不知道怎么走下去了，搞得史

红旗十分尴尬，满头大汗。

好在史红旗是个会议油子，临场经验丰富，颇有临危不乱的风度。史红旗急中生智，将刚才念过的地方又强调了几遍，之后又东拉西扯了些鸡毛蒜皮的小事，才算将会议对付过去。

史红旗对李白的表现极为恼火，会后将李白叫到行长室，对李白大发脾气，将他骂得狗血淋头，责问他这办公室主任怎么当的。

史红旗显得痛心疾首，说："李白呀李白，不要以为我们是朋友，你就可以胡来，道理你到底懂不懂？"他说这样下去我也帮不了你的，大家都看着我怎么对你呢。

李白被说得两眼发直，没话反驳。史红旗最后还扣了李白当月的奖金，以示惩罚。但这样的事，后来又发生了好几起，虽然每次李白犯错后，都诚惶诚恐地接受批评，但过后依然故我，让上上下下都摇头叹息。

从此，史红旗对李白弄的东西，不得不留个心眼，凡李白交来的，都要仔细审阅后才敢用，而且，还要拿了手表掐时间，字数不够的要他立马修补。李白得宠的历史终于一去不复返，有人偷偷高兴，当然也有人为他暗暗扼腕。可李白并不伤心，日子过得依然如故。

虽然，李白看文件起草文件已有很长的时间了，如果将这些他搞的文件叠加起来，其高度肯定会超过自己的身高，这一点毫不夸张。但不知道怎么搞的，李白从未像现在这样讨厌文字，现在他只对看图画感兴趣，那是一种多么简单明了的方式呀，一看就明白。

李白甚至在起草文件弄烦了的时候，会坐在桌前发呆，也会突发奇想：为什么不能将文件画成漫画的形式呢？一方面谁都能看懂看明白，另一方面增加阅读的趣味性，看起来多么的赏心悦目呀！"现在的文件是多么的枯躁乏味。"他感慨起来。

当然，李白想归想，但他每天还是不得不与文字打交道，这是由他的工作性质决定的。再怎么努力，李白还是整天被文字包围，陷入文字的泥潭不能自拔。

第13章：童真

———— ❈❀❈ ————

　　肖老师也发现，近来李白没有了说话的欲望。她不知道原因，因为李白没提，她猜想肯定是在工作上遇到了什么烦心的事，所以尽力安慰他，让他有什么心事说出来，她可以做个很好的倾听者。

　　交往了这么一段时间，肖老师发觉，李白这人还是蛮风趣的，也很有能力；而李白呢，觉得跟肖老师呆在一起，就像跟李清照在谈恋爱，感觉十分的愉悦，但他没有对谁说过这种感觉。

　　他们两人的关系，进展得还是很顺利的，更因为一件意外的事件，有了实质性的进展。那天，是李小龙的生日，李白和肖老师给他庆祝。李小龙玩得很高兴，李白和肖老师也喝了点酒，两人都红光满面，他们在客厅聊了很久。

　　后来，李小龙进卧室睡了，李白和肖老师还坐在沙发上聊，看到电视上的舞蹈比赛节目，肖老师可能有点醉意，也可能是舞瘾突起，从沙发上跳起来，拉过李白做舞伴。肖老师样子活泼，让李白也仿佛年轻了许多，他笑容满面，吃力地跟着她的步子。

　　李白跳得很笨拙，但兴致也很好，他在半醉半醒之间，回忆起一个类似的场景。他边呼吸着肖老师身上的体香，边迷醉地迈着舞步。李白发觉，肖老师的身体，是柔软滚烫的，自己的身体却绷得紧紧的。

　　他很久没有碰过女人了，他突然觉得需要放松一下，彻底放松一

下，像草原上的奔马一样奔跑。他这样想了，也这样做了。慢慢地他们舞进了卧室，然后他和肖老师，一会儿像马一样奔跑起来，一会儿又像骑手一样大汗淋漓地起伏，他们大呼小叫地喊着往前奔跑，一起到达终点，再像泥一样瘫在床上。

而近期，李白好像有点神不守舍，约会肖老师的次数也少了，但肖老师没有责怪他。人总有情绪低落的时候，更何况现在每个人都承受着很大的压力。她呢，作为班主任也够忙的，所以她很能理解李白的压力。

李白也意识到这个问题，所以稍稍清闲点，就约肖老师去看电影。看了几次后，肖老师都笑了，她发觉，李白反反复复带她去看的那些港产片，都是些漫画化的喜剧片，什么徐克的《蝙蝠侠》、《火星人玩转地球》；什么成龙演的《城市猎人》，周星驰演的《一本漫画走天涯》，虽然这些故事李白已看过漫画书，但还是想看看电影版本。另外，还有美国出品的《梦城兔福星》等。

当然，李白也会带她和李小龙一起去看老少咸宜的片子，如《狮子王》、《空中大灌篮》、《阿拉丁》、《玩具总动员》等等。这些电影情节奇特好玩，视觉效果诡异生动，令观众身临其境。

肖老师看得出，李白看得很投入，该笑时就大笑，该拍椅子时就拍椅子，与李小龙互相辉映。当然在家里，李白也不会放过电视里放的卡通片，什么《乱马二分一》、《美少女战士》、《龙珠》等等。

肖老师由此发现，李白虽然已过而立之年，但还挺孩子气的，且有愈演愈烈的趋势，这让她觉得挺亲切的。这不奇怪，肖老师是李小龙的班主任。肖老师觉得电影里的成龙和周星驰，都有一股顽童的可爱，李白也不乏这种可爱，所以她与李白和李小龙在一起时，她还是有种班主任的感觉。

肖老师花在李小龙身上的时间，较其他学生多，这是自然的，也是可以理解的。特别是近来，李白又好像满怀心事，她想为他分担一些东西。有时李白和她一起时，会突然想起什么似的，两眼出神，望着远处不存在的东西发呆。

"父子俩都这样！"肖老师和他打趣。

李白回过神后："怎么啦怎么啦？"他赶紧问了句。

"李小龙也爱望着窗口发呆。"

"哪天你翻翻他的书包，看有没有漫画书？"

李白如临大敌的模样让肖老师忍俊不禁。

"漫画书能让他那样失魂落魄？"

李白有点气急了，喊起来："让你看看，就看看嘛。"

"你喊什么嘛？"

李白不好现身说法，只是说他是瞎猜猜，让肖老师探探他有什么心事。

"你是他爸爸呢，怎么就不亲自问问？"

"他不愿说话。"

"你也一样呀，也不爱说话了。"

李白听了，愣愣地没话了。

第14章：父与子

这天一到单位，李白就向史红旗请假，说要上医院看病。李白开车往就近的麦当劳餐厅赶去，一看，我的妈呀！人龙都排到大马路上了；赶紧又奔另一家去，一样的阵势。李白不敢再乱跑，将车子放好，就凑上了人龙的尾巴。

李白和那些排队的人有着一样的目的，那就是要买一款玩具。一个星期前，李白看到一则麦当劳的广告，说这天要推出一款可爱的卡通玩具狗史诺比（Snoopy）。这是一部卡通电影和漫画书的主角，形象可爱风趣，是漫画迷们心目中的卡通明星。

不久前，这个片子刚放过，玩具这就上市了，真快！这些出版商真有商业头脑，在推出影片和出版物的同时，还推出相关的产品，比如这款史诺比玩具狗，售价两百多元，还得搭卖一份麦当劳套餐，真是赚得盆满钵满的。

其实，李白并不喜欢吃麦当劳快餐，吃那东西一来容易上火，不是牙痛就是喉咙痛；二来很腻人没味道。不过，今天为了这款史诺比玩具狗，他还不得不买一份麦当劳呢。

听说一个星期发售一款，集成四款就成一套，那套玩具以后会升值的。李白当然不会因为这个原因才跑来，因为他喜欢，一看见那只史诺比狗，就会想起小时候家里养的那只叫咪咪的狗。

队伍缓慢地向前移动，人们的身体一个紧贴一个，并用手扶住前一个人的肩膀，以防止不守规矩的人插队。这情景不禁让人触景生情，想起一九九二年深圳排队抢购股票抽签表时的盛况。

　　李白问前面的那位："什么时候来的?"那人回答说："昨晚就从香港赶过来了，住了半夜宾馆排的，没想到没占上头位。"李白说："香港不也有麦当劳店吗?"那人答卖是有得卖，但去了几次也没买到，"只好来深圳碰碰运气。"李白听了，有些着急地往前加了把劲。

　　外面的人潮缓慢而有力地从门口涌进去，又有买好的人从里面涌出来，门口成了短兵相接的地段，人人都大汗淋漓的，不过出来的都兴高采烈的。李白突然一眼瞥见另一条人龙里，李小龙被人挤压得呲牙咧嘴的!

　　李白大喊："李小龙!"

　　李小龙开始没听见，后来一听见，马上条件反射地往人堆里躲，但被挤了出来，只好往老爸这边投降。他极不情愿地往这边挪过来，但眼睛还是时刻注意李白的眼神变化。

　　李白也没心思发火，也不好意思发火，只对儿子说："还不赶快去上学!"这时李小龙也明白老爸在干什么，便把手中的钱塞到李白的手上。可人潮一涌动，李白没抓住掉地上了。李小龙敏捷弯腰去抢，手被人脚踩了几下，痛得哭起来，但钱还是到手了，重新塞到李白的手上。

　　李小龙说："爸，你一定——!"

　　李白没等他说完，就催促他说："知道了知道了，快去上学!"李小龙泪眼汪汪，捂着被踩痛的手，一步一回头，恋恋不舍地走了。李白这才记起，一个星期前，李小龙就找李白要三百元，当时还为此有过一番争论的。

　　"要那么多钱干什么?"

　　李小龙吞吞吐吐地说是捐款。

　　"上星期不才捐过嘛?"

　　李小龙说："上次是捐希望工程，这次是捐水灾。"

　　"真的?"

　　"市电视台要来拍，班级排队认捐，你让儿子丢脸呀!"

这话让李白为难起来，你想想，要是儿子走过摄像机镜头时，两手空空，同学老师会怎么看呢？要是行里的人看见了，又会怎么想呢？这的确会让儿子和自己难堪，李白这么一想，终于向儿子投降了。

"少点可以吗？"

李小龙说："我已是个落后分子了。"

"你以为你爸是开银行的？"

李小龙说："你是在银行嘛。"

"你老子是给银行打工！"

当然说到最后，钱还是给了李小龙。可怎么也想不到，这小子竟然是将钱捐到这里来！李白想想自己，也火不起来，况且，现在也不是发火的时候，现在是战斗的时候。

经过一番混战，李白终于如愿以偿，抱着两款史诺比玩具和两袋麦当劳快餐出来，脸上绽开灿烂的笑容，和外面的阳光相辉映着。至于那两袋食物怎么处理，倒还真让李白为难，总不能带去行里的，他就那么拎着纸袋和两套玩具发愣。

突然，他的两眼一亮，原来门口不远处的台阶上的阴影下，几个老婆婆正在聊天。李白立刻想到有办法啦，他快步走了过去。

"老人家，尝尝这好东西吧！"

那几个老婆婆有点为难地说："这么多，我们怎么吃得了？"

李白低头一看傻眼了，原来老婆婆身边，已放了一大堆装着麦当劳快餐的纸袋。而且，背后还不断有人走过，一声不吭放下纸袋就走。

李白吃惊不已，足有十几秒站在那儿发愣。之后，又有几个人走过来，游说李白将手上的玩具转手："我们来了几次都没排上。"他们说愿意出高价。李白摇头说："我给儿子的。"

对于这次盛况空前的抢购风潮，香港和深圳的媒体都作了全面的报道，有的还起了耸人听闻的标题，比如什么"史诺比狗大闹深港"等等，图文并茂，让看的人唏嘘不已。

第15章：理想主义

李小龙的暑假一到，李白就有点头痛，大白天谁管这小子，是个大问题。自己是要上班的，没有时间陪他，如果对他放任自流的话，又怕他跑去外面的游戏机厅学坏了；将儿子弄回老家，学习谁管，父亲肯定管不了他。思前顾后想了一番，李白终于决定，将书房里收藏的漫画书向儿子开放。李白想这样能拴住儿子的心。

暑假的第二天，李白将儿子叫进书房，让李小龙打开那些上了锁的柜子。李小龙一看，激动得大叫："老爸！你太牛了！"其实，李白自那次麦当劳遭遇战后，一直在寻找向儿子开放收藏品的时间，现在他认为是个合适的时候了。

李白给李小龙订立了几条阅读规则，比如一天只能看几本，作业要按时做，当然书也要看之类。李小龙不等李白说完，早就捧着书，连连点头答应，说："行！可以！"李白不知道哪句他听进了耳朵。

李小龙每天都泡在家里的书堆中，连体育运动也免了，连原来最爱玩的足球也不碰了。这种情形让李白有点担忧，长此下去怎么得了呢。现在考大学可还要看体育成绩的。李白有时看儿子捧着漫画书，一动不动地窝在沙发上发呆，就上前踢踢李小龙的脚，说："出去踢踢球，运动运动！"李小龙只是含糊地答应，却没有实际行动。李白也不好发火，因为此时自己也手捧一本，看得津津有味。

李白有时会与李小龙因为某个故事争论起来。比如，李小龙对孟波先

生颇有微词，其一是说他好色。李白就说你屁小子懂什么，李小龙想反驳，李白瞪眼望着他，李小龙只好作罢，将喉咙里冒上来的半截话咽了下去，偃旗息鼓。因为他明白老爸也在捍卫他的偶像，两人的力量对比太悬殊了。

上次，李白买回的史诺比玩具狗，李小龙也分了一套，但也挨了一顿揍。"李小龙！"李白回到家里，就喊了一声。那次李小龙倒是自觉，听见老爸的喊声，自动扒了裤子，亮出白白嫩嫩的屁股让揍的。李白说揍他的理由，不是因为300元钱，而是因为不诚实，撒谎逃学。李小龙挨了揍，却得了心爱的东西，倒也没有怨恨老爸。

肖老师有天询问李白，是否让李小龙参加学校的兴趣小组？

李白连声说："好呀，就绘画组吧。"

于是李小龙走出家门去学画，对这他倒没什么怨言，因为他看过那些漫画后，的确想动手画画，希望将来也做个漫画家，既娱己也娱人，这样何其乐也。李白当然对画画也是有兴趣的，也在照本临摹，和李小龙互相攀比一番。

李白喜滋滋地忙活着这些的时候，支行里的各种危机渐渐凸显。首先是支行的存款额下降，贷款的收息率下降，烂账数目多起来，条法处的律师整天跑下来，去法院打官司；信贷员也忙着催收或打呆账，信贷部的林经理整天焦头烂额。支行的效益在走下坡路，业绩在全分行的排名中，是倒数第二，奖金是越发越少了，员工士气受到很大的打击。再加上又要响应总行"减员增效"的号召，准备裁减部分员工，搞得人人自危，人心惶惶的，暗地里纷纷通过各种途径打听裁员的名单。李白对这些危险却浑然不觉。

这天一上班，李白跑去行长室，将一份史红旗要的稿子交了，是管辖支行召开关于"减员增效"动员大会用的。史红旗泡好茶，一边喝着，一边打开稿子审阅，一看不禁大发雷霆，打电话让李白马上到行长室来。

李白交了稿子回来，刚坐下，心想看几页漫画吧。他刚从抽屉拿出书来，屁股还没有坐热，就又被电话叫了上去。他想，妈的又要改了，就赶紧跑了回去。

史红旗见他进来，手拿着几张漫画画稿，指着李白的鼻子，问："你搞什么鬼！"李白一看就傻眼了！原来史红旗手上拿的，是他给肖老师画的漫画。

他替史红旗起草的那份稿子，的确是搞完了的。不过搞完后又突发奇想，心想看用漫画的形式，是否也可以将同样的意思表达清楚，于是，李白就将那份稿子的意思，用漫画的形式演绎了一遍。当然，在主席台上做报告的史红旗，也被画成了漫画形象。

李白当时看着眼前的两份东西，觉得十分有趣，他有点得意洋洋，便将两份东西分装在同一款式的银行专用信封里，都塞进公文包里，打算也让肖老师乐乐。不想拿错了，闯下了大祸。

史红旗问李白，还有什么好解释的，并斥责他办事越来越不严肃，越来越像儿童一样不可教。说行里已给过李白很多机会了，可惜他从不珍惜，还说怀疑李白的脑子，是否也出了问题，要不工作能力怎么越来越差，简直已到了无药可救的地步。

李白还想争辩，史红旗拉开抽屉，将一叠报纸拍在办公桌上。李白登时只有闭嘴的份儿了。那几份报纸图文并茂，登有上次麦当劳出售史诺比玩具狗的新闻报道和照片，其中一张报纸上，有李白被挤得东倒西歪的照片。

自然，李白最终被列入了被裁人员的名单里。其实，李白应该早就对单位里的危险有所警惕才对，但他的业余时间，甚至上班的部分时间，都被漫画占用了。而小高呢，对李白早生异心，对李白的位置渐感兴趣，一直在寻找机会取而代之，只是李白不觉察而已。

李白经常把漫画书带回办公室偷看，虽然行事小心谨慎，但也有疏忽的时候，比如急着大解小解之时，就会忘记关门锁柜。有一次，小高来找李白拿一份资料。李白不在，小高心想可能放在抽屉里了，当然，

小高对李白的抽屉，也是怀有一份好奇心的。这下好了，一拉开抽屉："妈呀！这么多漫画书！"小高暗暗惊叫起来。

后来，就有种种传闻，说李白上班时间不干正事，偷偷给外面干私活儿；还有说得更严重的，说李白的脑子有毛病，等等。当然，这些风凉话李白是不会听见的，人家也不是说给他听的。

史红旗也听到了有关李白的风言风语，开始只当耳边风，认为是别人妒忌他，就没放在心上；后来听多了，再加上李白近期的表现，渐渐对李白有了看法。心想他也太不检点自己了，授人话柄，间接来说，也就是让自己给别人留话柄，影响到了自己，心里自然对他不满。

这次裁员，办公室因为是二线，是重灾区；原来两个主任，一正一副，现在只留一个职位，五个司机只留两个。小高因为关系到自身的利益，所以对有关李白的传闻，就作了额外的加工。结果那天，史红旗对李白说："你这样的人不下岗，我还怎么开展工作？"

李白离开的那天，他的心情也没太差，只是觉得离开一个自己熟悉的环境，有点怅然罢了。当然，他对史红旗也有点歉意，毕竟他对自己那么信任，自己却这样让史红旗难堪。他本来想和史红旗谈一次的，但想想最后还是作罢。

他离开时，除了一大包的漫画书，什么都没拿。李白的解释是拿不动，其实他也是下了决心的，要告别那堆文字文件，和它们彻底了断，轻轻松松简简单单地回家。

李白在家里晃荡了一些日子，居然想到要学画画了，还和李小龙一起参加少年宫绘画班，他是班里年纪最大的学生。他学得很卖力，水平也提高很快，这让他对自己的未来充满了自信。

学习了一段时间之后，他找了家中外合资的卡通制作公司干。此时他的绘画水平又有不小的长进，他想在那家公司多学些东西，从最初级的工作干起，了解公司运作的流程，他相信这对自己的将来很有用的。

他还有个远期计划，那就是等儿子大了，能进中央美院深造，以后就以画画为生，他可以和儿子开一家卡通制作公司，制作出精美的经典的卡通作品，娱人娱己，让人们的生活变得轻松快乐。

目前，李白所能干的，就是在这家公司老老实实地干，学到真本事。在这之前，李白本想开一家漫画书专卖店，但他发现国内的漫画书品种少，从国外进货的渠道又少，难以经营，计划只好推后。

李白想，以后等时机成熟了，自己画自己发行，那才过瘾呢！李白对这个计划，还是很有信心的，他有些很有力的证据支持他的这一想法。看看日本，这些年来其全国一年的出版物中，漫画读物就占了三分之二。还有近在对面的香港，有个叫黄玉郎的漫画家，就是靠搞漫画成为亿万富翁，还使看漫画在香港成为了一种时尚。台湾的漫画家蔡志忠，不也用漫画，图解了我国几乎所有的先秦诸子的古书吗？而我们的国内市场，比他们大得多呢。

李白相信，二十一世纪的影视业和图片业会更发达，那时将是个读图的时代，人们会更青睐这种一看就明白的媒体。不论人们相信与否，李白都在雄心勃勃地筹划着，为那个时代的到来努力作好准备，希望通过自己的劳动成果，让人们快乐得忘了时间和烦恼，让每个人都能在漫画人物的带领下，一起回到简单快乐的时代，那时每个人肯定都会说："妈的，我爱卡通！"

杨小薇不时来看李小龙，发现李白的爱好后，有点气急败坏。

"李白，你有病啊？"

李白说："健康着呢。"

"你别把儿子给毁了！"杨小薇骂他。

李白说："我为儿子好啊！"

杨小薇临走，丢下一句话，说她要更改儿子的抚养权。

"小龙在这儿好好的啊！"李白急了，追出门去。

杨小薇大声吼起来："但你有病！"

（完）